내가 사랑하는
나의 새 인간

내가 사랑하는
나의 새 인간

김복희 시집

민음의 시

248

민음사

나는 왜 먹고 싶은 게 많을까
왜 영원히 먹고 싶을까
복숭아 초콜릿 위스키

2018년 5월
김복희

차 례

손발을 씻고

노트 앞 장에 프랑스 광대 사진이 붙어 있다
친구는 프랑스 광대의 사진을 가지고 있었다
시인이 분장한 사진이라고 했다
외줄 타는 남자, 호랑이 옆에 선 여자, 스타킹을 매만지
는 무용수들 사진이
더 팔리고
남은 것, 아무도 시인을 좋아하지 않았고
시인은 혼자서 많이 많은 것을 좋아했다고 들었다
친구와 연락이 잘 되지 않았다
사진을 팔러 먼저 가 있겠다고 했다
전염병처럼
인간이 옮는 것이다
잘 안 되는 것이다
손발을 씻고 깨끗한 음식을 먹어도
노출되는 것이다
빛에
흰 얼굴이 만져진다

새 인간

새 인간을 하나 사 왔다 동묘앞 새 시장에서 새 인간을 판다는 소문을 들었다 내가 원하는 바로 그 새처럼 우는 법을 배운 새 인간이 동묘앞 새 시장에 매물로 나올 거라는 소식이었다 날개가 있지만 날 수 없고 곤충과는 달리 머리 가슴 배로 구성되지 아니하였으며 다족류가 아니며 두 쌍의 팔다리를 지녔고 갈퀴는 성장 환경에 따라 생겨날 수도 있고 영영 생기지 아니할 수도 있고 큰 소리로 웃지 않으며 달리지도 않으며 먹어선 안 될 것들이 많아 병들기 쉽지만 청결한 잠자리를 유지해 주면 동반 인간의 반평생 가까이 살고 평생에 단 한 번 번식하며 때에 따라 번식하지 않는 경우도 있다는 것이다 인어를 키운다는 녀석들에게 보란 듯이 내 새 인간을 말해 주고 싶었으니까 나는

새 인간을 하나 사 왔다 엊그제도 친구 하나가 산소 공급기 청소를 깜빡하는 바람에 죽어 버린 인어를 하수구에 흘려보내다가 주인집에서 정화조 청소를 하는 바람에 크게 곤욕을 치렀다는 이야기를 들었다 음식물 쓰레기는 쓰레기봉투에 버리라는 이야기였다 새 인간을 사러 갈 것이라고 말하자 친구는 수조를 잘게 부숴 종이봉투에 넣는 중이라면서 세상에 그런 새 인간이 어디 있느냐고 비웃었

다 날지 않는 새 인간은 들어 본 적도 없고 새 인간이 날지 않는다면 기형이거나 날개 밑 근육을 절제했을 가능성이 높으니, 불법일 거라고 덧붙였다 그리고 범법자가 되어서 도망쳐야 한다면, 자수를 결심할 때까지 자기 집에서 하루 이틀 정도는 재워 줄 수 있다고 했다 물론 집주인 때문에 새 인간은 출입 금지니 새 인간 문제는 알아서 처리해야 한다고 강조했다 내가 사랑하는 새 인간은 그런 것이 아니라고 보여 주고 싶었으니까 나는

새 인간을 하나 사러 동묘 앞에 걸어갔다 새 인간을 재울 깨끗한 잠자리를 만들어야 해서 아침은 굶고 현금을 준비해 가는 것도 잊지 않았다 흥정을 대비해 프로처럼 보이는 주머니가 많이 달린 조끼를 입고 목장갑을 끼고 마스크를 하는 것도 잊지 않았다 나의 새 인간

나의 새 인간이 되어 주세요 나는 인사말을 연습했다 내가 원하는 바로 그 새 인간의 잠든 모습이 보일 것만 같고 새 인간이 잠든 동안 내가 할 수 있는 일들 방바닥을 조용히 닦는 것 옷을 개키는 것 새 인간이 입을 잠옷을 수선하기 위해 돈을 벌러 나가는 것 그래서 무슨 일을 해야 새 인간과 더 오래 함께 있을 수 있을까 궁리하면서 나는

동묘 앞으로 향했다 새 인간이 혹시 날아가 버리려고 하면 어떡하나 업자가 날아다니는 새 인간을 데려와 버려서, 내가 그 새 인간이 마음에 들어 버려서, 날아가 버릴 것을 알고도 새 인간과 살기로 결정해 버리면 그런 비극은 어떻게 처리해야 하나 처리할 수 없을지도 모르지만 나는

새 인간을 하나 사러 나의 새 인간을 가지러 두 시간을 걸어갔다

새 인간은 지금 팔랑거리며 잠들어 있다

생각보다 새 인간이 너무 가벼워서 놀라워하며 으깨질 것 같아서 두려워 벌벌 떨면서 새 인간을 받아 들어 버스를 타고 집에 왔다 버스가 너무 흔들렸고 큰 소리로 통화하는 사람이 있어 새 인간이 깰까 봐 두려웠다 새 인간이 집에 도착하기도 전에 죽어 버릴까 봐 겨드랑이에 땀이 났다 새 인간이 그 냄새를 맡고 나를 싫어하게 될까 봐 또 두려웠다 새 인간 이제 나의 새 인간

시체를 갖게 될까 봐 친구의 전화에도 문자로만 답하고 구덩이를 깊이 구덩이를 여러 개 파 놓고 도망칠 구멍을 뚫어 가며 개미처럼 일하는데 조끼를 입은 집주인이 하나뿐인 계단을 올라오고 있다 나의 새 인간이 빛나고 있어서

두꺼비집이 자꾸 내려간다는 것이다 나의 새 인간이 잠들
어 있다 이 조끼 가득히 날 수 있지만 나를 위해서 날지
않기로 마음먹고 죽고 싶지만 죽지 않기로 결심한 나만의
새 인간이 긴 얼굴을 돌리고 내가 잠든 동안에만 날개를
펼쳐 보이는 나는

　　얼음 속에는 물과 빛이 있고 내가 사랑하는 나의 새 인
간이

청지기

어두운 곳은 퀴퀴하고 낡고 더럽고 먼지 나고 그리고
그 후
먼 곳을 가깝게 만든다고 들었다

날씨가 맑으면 그 다음 날에
흐리면 흐려진 유리창에

「감옥의 창에서는 반드시 꽃나무가 보여」

선임자가 들려준 말을 되새긴다
일지에는 종종 면접을 보고 돌아간 이름이 남았다
유나 소냐 패 경 옥
그 중에

이를 꽉 문 채로 깨어나 물려받은 것을 걸친다
영혼이 없다고 생각하자마자 영혼은 정말 없어지기 시작
했다

때로 뼈와 헐은 옷가지를 건물 밖에서 태운다

연기가 하늘로 올라가는 것만큼
오래된 일

어두운 가운데 두 손이 빠지도록 영혼을 주무르며
거대한 나무 사이로 보이는 창
건물 바깥을 내다본 작은 창

꽃나무에게로 꽃나무를 심어 놓은 무서운 마음을 넘어서
꽃나무를 꽃나무로 보지 못하는 마음을 담아

후임자에게 쓴다
가끔 이렇게 만나자 꽃나무는 꽃나무일 뿐이야
뒤뜰에서 일지를 읽는다 그 위에 글씨를 쓰고 있다

새집

춤추는 이를 사랑하려면 함께 춤춰야겠지
영혼으로

잠에 막 빠져들 무렵,
내가 잠들자마자 그는 방에서 벌레의 기척을 느꼈다
빠르게 날아다니며 벽과 그의 목에 제 몸을 부딪쳤다고
했다
벌레가 여기저기 부딪히는데 내가 너무도 깊이 잠들어
있어서 깨울 수 없었다고.
벌레를 잡으려고 불을 켰는데 벌레는 없고
창은 전부 닫혀 있고
벌레의 느낌만 있어서 새벽까지 신경이 곤두서서 잠을
잘 수 없었다
나는 춤을 추고 있었다
그는 바랐다 집에 돌아와 문을 열면 벌레가 죽어 있기를

그는 나의 영혼을 느꼈다

읽던 책

강가에서 물고기를 잡아 바로 탕을 끓여 주었다
어부의 불 지피는 솜씨가 대단했다
돌무더기 위에서 무쇠솥이 잘 끓었다
살이 희고 담백해서 아기 허벅지 살 같았다
이 구절에 다다라
소리 내어 읽는 일이 멈춘다

아는 맛 같았다
기근 극심한 한때
제 아이의 살을 먹은 후 영원히 굶주리게 된
부부 이야기에 귀가 접혀 있었다

무엇을 먹어도 다 맛이 좋은 마을이었다
너도 같이 가자 부모님은 말했다
아는 목소리 같아서 좋았다
속이 다 풀리는 탕을 먹고
공항으로 오는 관광버스 내내 그 물고기가 뭐였을까 고
민했다

눈이 많이 내려 모든 비행기가 연착한다

모임

매는 할퀸다 뜯는다 움켜쥔다

나는 모임에 나간다 나가서 이야기를 하고 이야기를 듣는다 친구는 사귀지 않는다

유리창에 부딪혀 죽는 작은 새들 등불에 달려드는 나방과는 또 다른 존재들

그런 날개 달린 주제에 대해서

다정한 사람들이 많이 오는 모임

매에 대해서는 이야기해 본 적 없다 어둠과

매가 가져올 소식을 들을 수 있게 매의 발목에 쪽지를 풀어낼 용기

그 쪽지에 남길 비밀 문자, 창틀과 가느다란 나뭇가지, 인간의 몸에 닿은 적 없는 구름이나 꿈에게까지

모임은 받아들인다 그들은 팔도 길고 가슴도 넓고

심지어 부드러운 잔디밭처럼 아늑하다

적당히 망가져 있어서 편안했다

모임에 드나들며 나는 깨끗한 옷을 갈아입을 수도 있고 청귤 잼을 받아 올 수도 있고 사흘 밤낮 펼쳐 말린 고구

마를 나눠 먹자고 할 수도 있겠지 그동안 부모님이 안 계신 내 매는 내 품에서 깨어난 매는 어느 눈에도 띄지 않으려고 높이 날 거고 나 또한 그것을 볼 수 없다 그래도 매는 언뜻 백지로 착각할 만한 쪽지를 묶어 날려 보내면 이런 딱한 친구……랄까 싶은 표정으로 손등을 꼬집고 날아가 그걸 버려 줄 것이다

매에게 그런 일을 부탁해도 될 것이다

매와 모임을 할 순 없을까

그러나 매가 공중에서 놓아 준 쪽지는 할퀴고 갈가리 뜯는다 발버둥친다

갑자기 가슴으로 떨어지는 시체

매가

내 매인 것을 안다

그것이 매다

매를 죽게 할 수는 없다 사냥을 그치게 할 수도 없다

다시는 모임에 가지 않겠다고 중얼거리며 창밖에 펄럭이는 현수막을 한 글자 한 글자 읽거나 공공기관의 공고에 드

러난 문법상 오류를 지적하고 실제로 몇 달간 가끔 사람들
과 식사하고 자고 마시고
　　백지를 여러 번 찢어 무언가 썼던 것처럼 매에게 말했다
　　모임 모임 멋진 발음이다
　　조금 괴롭다가도 매일 조금씩 괴롭다가도
　　비밀 문자로 매에 관한 말을 매에게 말해 줄 날도 있을
것이다

만든 꿈

가을은 연어가 번식하는 계절이다

울타리를 만들었다
절벽 아래 파도가 핀다
꽃나무를 조금 키워 두었다
태어난 곳에선 천리향이라고도 하고 만리향이라고도 하
지만
문서에 기록될 이름은 금목서다
울타리까지 하루 네 번 버스가 올라온다
열이 내리고 아홉이 다시 탄다
아홉 명이 내리고 열한 명이 내려간다
하나가 내리고 돌아가는 이가 없다

죽은 이들의 기도만 닿는다 한다*
살아서
꿈에서 깊게 사랑받았다

* 김종삼, 「벼랑바위」.

느린 자살

아름다운 건축물이 조금씩 무너지는 것을 보았다

그 건물은 더 이상 우편물을 받지 않는다

이루 말할 수 없이 아름다운 벽돌이라고, 유리라고, 나무 창틀이라고

생각했다 그것들을 만든 장인들, 그 모든 것을 설계한 자, 대금을 지불한 자, 그들은 건물의 일부가 되었다 그들이 여전히 살아 있다는 것이 믿기지 않았다

건물이 살아 있지 않다는 사실을 믿을 수 없었다

노란 원복 입은 아이들이 건물을 뒤로하고 단체 사진을 찍었다

건물이 천천히 희미해졌다 두 눈을 비비며

건물이 꾸는 꿈속에

살아 있었다 긴물이 종종 상상하는 가장 아끼는 인물이었다

자주 등장하지는 않아서 건물의 애를 태우기도 했을 것이다

건물의 앞마당에서 아름다운 책이 불타게 두었다

한 글자 한 글자 낱낱이 암송하거나 하지 않으면서

그 모두를 치울 사람에게 미안했다

실로

한낮 건물 앞에서 사람들이 죽었을 것이다 건물의 정수리에서 건물의 손바닥으로 뛰어내린 자들도 있었을 것이다 건물도 악몽을 꾸는 날이 있었을 것이다

유리창이 새로 끼워지고 나무 바닥에 왁스가 칠해지고 닦이고 현수막이 다 내려지고 무거운 커튼에서 먼지가 털렸다 양옆으로 새로운 건물이 지어지거나 죽은 나무 대신 낯선 나무가 심기기도 했다

왼쪽에서 들어오는 햇빛이 오른쪽을 어둡게 하는 일을 견딜 수 없었을 것이다

오른쪽과 왼쪽 동시에 내리쬐는 빛을 보려고

느리게 죽어 갔을 것이다

갈라지고 건조하기에 피는 물을 뿌려 지워야 했을 것이다

주기적으로 시에서 고용한 인부들이 무릎을 꿇고 문질러도

지워지지 않는 꿈이 뒤따랐을 것이다

건물이 죽어 간다는 것을 아무도 몰랐기에 건물은 살아 있었다

이제 내가 안다

노래에게도 노래가 필요해

내일이 있는 것처럼
조용히 일만 하겠다

위생을 철저히 지켜서 물건에 껍질을 씌우고
라벨을 붙이고 돌아 나오겠다

지침대로 기르던 노래가 컨베이어 벨트를 타고 온다

저기, 너 말이야
죽으면 계속 커진다 생물일 때 꼼꼼하게 해
사수의 말이 들려와 두 손을 열심히 움직였다

고속도로를 타고 물건들은 떠난다
납기일 내에 사라져야 한다

  실수로 부풀기 시작하면 트럭이 터져 버릴지도 모른다
쫓겨날지도 모른다
  영혼이니 마음이니, 사수는 그런 것 다 핑계라고 벨트
위를 보는 건 오직 두 눈이라고 말했다

벨트가 멈추고 소등이 시작됐다

나는 방진복과 마스크를 벗고 멀어진다

승객이 되어 차에 실려 졸다 보면 집에 도착할 수 있는
것이다

어디로.

나로부터

멀리, 이것을 추락이라고 말하던 노래가 있었다

양 한 마리

생풀 냄새 나는 목가적인 새벽에는 내가 먼 곳에 있겠다
싶다 문이 한없이 늘어선 긴 회랑이나 불 꺼진 창문으로
가득한 좁은 골목에 양 한 마리
  사람이라고는 찾아볼 수 없이 평화로운 곳이다

  잠든 양
  잠들지 않은 양
  잠깐 눈을 뜬 양
  오늘 왠지 잠들지 않는 양 양의 개성을 생각하다 보면
  양 한 마리에서 열을 이루지 못하는 양 두 마리의 행렬
  교도소 복도 복판이나
  화물차가 질주하는 8차선 도로 위에
  양 한 마리
  입을 다물고 있었더니 양이 떠오른다고 실없이 웃는 사
람까지 생각나겠다 싶다 그자는 신학을 공부했다

  당신 양털 깎는 과정에 대해 알고 있나 목화처럼
  배를 가를 때 유일하게 저항하지 않는 동물이다
  유순하며 아픔을 모르는 동물이다

차 엔진 소리만 들렸다 모두들 잠든 것 같았다 양 한 마리 양 두 마리 양 세 마리가 되는 순간 양이 태어나 비틀거려 피 묻은 새끼의 이마를 핥는 어미를 보다 아침이 오겠다 싶다 갈라진 배에서 웃음이 피처럼 샌다 그것을 얼른 가방에 담았다

양이 차창 밖에서 기다리고 있었다 문을 밀치고 있었다
나는 혼자가 아니다
내가 움직이고 있다는 것을 잘 아는 양 한 마리
내게 바쳐진
한 마리 무서운 양이

산 이름 짓기

어떤 나무는 30미터까지 자랄 텐데 식물원은 23미터에서 자라는 것을 멈췄다 2미터만 되어도 얼굴이 보이지 않는 사람들이 매장에 들어설 때도 있다 킴 어디 있어 또 흙먹고 있어? 무릎을 꿇고 화분 정리를 하다 보면 유리 천장에서 빛이 목덜미로 내려온다 나무 꼭대기에 얼굴이 있어나를 내려다보는 중이라 해도 놀랄 일은 아니다 꿈에서 보이는 것을 보는 것이 나쁜가 나쁘지 않다 그것을 보았다고말한 것이 나빴다

킴은 산이 많은 곳에서 왔어, 아시아가 원산지인 나무를들일 때마다 불려 간다 아시아는 얼마나 넓은지 또 어떻게울창한지

주말에 페이가 더 좋다 대형 선인장, 극락조, 종려 사이로 돌아다니는 사람들이 내려다보인다 내 별명은 흙 먹는아시안 걸, 나쁜 사람은 없다 가끔 사람 자체가 없다 흙은인간 종의 스페셜 밀일지도 모른다 흙도 씹으면 고소하다고 켄챠 야자가 그랬는데 킴이 한 것으로 알려졌다 카나리아 야자가 편안하게 자라는 층, 어쩌면 잭의 팔꿈치 층이

고 어쩌면 제인에게 조금 숨이 찬 층, 이거 아식 살아 있어
요? 등이 구부정한 외국인 남자가 물었다 그는 거의 죽은
스투키와 잘 살고 있는 스투키, 두 개의 화분을 안고 계단
을 내려갔다 공식적으로는 2층 매장이지만 비공식적으로
스투키가 죽도록 내버려 둔 층이 됐다

산에 걸려 자주 발목을 삔다 나는 거인이다 나무들아,
너희는 혼자서도 산이 될 만큼 크다 남들이 지어 준 밥을
먹고 남들이 부어 준 물을 마신다 매일이 같지 않게 사람
들은 자신이 몇 층을 오르내리는지 얼마나 커졌는지 밝히
지 않는다 생기 없는 잎에 물을 톡 톡 떨어뜨린 다음 최선
을 다했으니까 그만두자 그러면서 파내고 긁어내서 불쏘시
개로 쓴다 구원은 죽음에서 오지 않지 다만 닮은 장작은
하나도 없다

불씨는 꺼졌지만 오래 손 탄 아름다운 양철 난로 옆에
빛이 든다 나무가 듬성듬성 자라난 야트막한 산들이 많다
전부 이름이 없다고 했다 아무도 주장하지 않기 때문이
며 산이라기엔 나무가 부족하며 너무 낮기 때문이다 평원

이나 숲, 공원, 지구 그게 다 산이 아니다 킴에게 재미있는
이야기를 알려 줘서 고마워, 휴식시간에 보답으로 무덤 사
진을 보여 주고 작은 산이라고 킴의 산이라고 말해 주었다

빈방

포식자는 단번에 목을 부러뜨린 후 부드럽고 촉촉한 내
장부터 꺼내 먹는다

빈방에 대해서 우리는 이야기를 나누던 중이었다 소화
기 없는 몸이 가성비가 좋다면서 연구비를 안 주겠다는 거
예요

기계 인간을 만드는 데 구태여 장기를 재현할 필요가 있
나요 인간적인 인간을 만들고 싶은데 재현하면 안 되나요
안 될 건 없지만 그걸 그게 원하던가요 인형이 아니라 인
간을 만들고 싶은 거니까 뭐든 해 봐야죠

얼마 전에 랩에서 도마뱀 움직임을 재현한 로봇에 바비
머리를 붙였더라구요 벽에 붙어 기는데 인간 머리가 있으
니 이상했어요 재밌을 줄 알았는데 무서웠어요 있어야 할
건 다 있고 없을 건 없는 게 좋은 것 같아요 좋을 것 같
나요 좋죠 바라는 바예요 아름다운 건 얼마간 조금 무섭
지 않나요 창문도 없고 조명도 없는 빈방이 환한 것 같이
요 그런 방을 본 적 있으세요 아 이건 얼마 전에 버스에서
들은 이야기에요 옆자리에 앉은 사람이 통화를 하는데 그
러는 거예요 그런 방을 도둑맞았다구요 밤을 도둑맞았다
고요 시적인 이야긴가요 아니요 밤 아니고 시적인 이야기

아니고 빈방을 도둑맞았대요 부동산 사기 같은 건가요 글쎄 저도 그런 건 줄 알았는데 그렇지 않았어요 그 통화 내용을 듣느라고 몇 정거장이나 더 갔어요 남 이야기 잘 듣고 다니시나 봐요 그냥 재미로요 포식자가 식사를 마치고 나면 하이에나나 까마귀가 남은 살에 달려든다 빈방을 도둑맞은 사람은 어이가 없다는 듯이 계속 말했다 내가 도둑맞기 전에는 그게 빈방인 줄도 몰랐다니까 정말이야 통째로 가져갈 줄 누가 알았겠어 경찰서 갔는데 장난치지 말라더라 야 장난 아니야 너도 나 안 믿냐 괜히 말했네 너도 빈방 있잖아 없다고 야 너 이미 도둑맞은 거야 너도 당한 거라고 없다니 원래 없다니 진짜 답답하네 정말

　빈방이 없어진 상태를 상상하느라 그 사람이 이미 내렸고 버스 안에 나만 남았다는 것을 몰랐다 처음 와 본 종점, 머플러, 안쪽에 촉촉하고 부드러운 이슬이 맺혔다 나도 도둑맞았다는 생각이 들었다 빈방이 사라졌다

　다시 찾을 수 있을까요 모르겠어요 뒷이야기를 못 들었거든요 만들면 어때요 빈방을요 네 재미로요 안 될 건 없지만 만들 수 있을까요 건물도 아니고 방인데 땅도 필요하지 않을 것 같은데요 뭐든 해 봐야죠 빈방을 갖고 있다는

것만 안 들키면 될 거에요 누구에게요 도둑에게요 누가 도
둑인 줄 모르잖아요 모르세요 아세요 저는 아니에요 견물
생심이라잖아요 재밌나요 그냥 들려서요 아 가죽 코트를
이런 계절에 입는 사람이 있네요 누가요 저기 보세요 창
밖에 저 사람이요 배고파 보여요 사람인가요 사람 아닌가
요 아무것도 안 보이는데요 그보다 지금 여기 창문 있나요
저거 창문 아닌가요 아닌데요 피곤하신가 봐요 네 조금 피
곤하네요 빈방에는 누가 살까요 빈방이니까 아무도 안 살
걸요 확실한가요 확실해요 아무것도 없는 방이에요 그것
무서울 것 같네요 아름다울 거예요

발자국

노새를 타요
사람들이 내리고
다시 타요
노새의 등은 노새의 굽으로부터 나와요
노새의 굽은 바닥으로부터 나와요
나는 노새의 등에 배를 붙이고
노새의 굽에 발바닥을 얹어요
노새의 바닥은 노새의 배일까
노새의 배꼽을 두 팔로 안아요
노새의 바닥이 울려요
여기에는 세포가 없어요
썰린 양파의 감각이에요
아릿하게 코를 찌르는
노새의 젖은 털
빗방울에 나도 축축해요
코끝이 뜨겁도록 해가 죽던 날
젖은 발을 감추고
노새가 된 사람을 알아요
나는 오래도록 기다려요

노새의 꼬리를 꼭 쥐고
노새의 바닥을 짚고서

채집도

선생님은 토한 다음 그녀를 붙잡고 붙잡혀서 우두커니
서 계신다
놓아주는 곤충은 놓은 사람의 얼굴을 베껴 간다
선생님은 돌로 그것을 눌러놓고 잊어버리시지만

돌이 작아지지도 않는데 곤충은 넓고 넓어져서 돌 밖으
로 퍼진다

선생님, 어디서 그런 옷을 구하셨어요
저는 호주머니가 없는 옷을 자주 입습니다

완곡하게 말을 했다는 생각이 들기도 했다
두 손을 내놓고 선생님의 손을 놓고
곤충을 곧장 죽이는 사람으로 자라고 있다

돌이 들썩거렸다 여자 하나 없는 선생님이란
돌을 도둑맞은 일본식 정원 같을 거였다
선생님은 젊어지신다

그녀는 선생님을 부축한 채

얼굴을 보여 주지 않는다 그는 그녀가 디딘 웅덩이에 가

깝다

개 썰매에서 풀려난 개들

여자들만 살려 놓았다고.
그리고 깨어났다

소리를 지르지도 울지도 않고
노인 아이 여자 중
여자만 남겨 놓았다고.

유형지 어디 비틀거리며 걸어가는 죄수에게
대열은 계속 만들어진다

이 나라에서는 어떤 처형이든 과분하지 않았다
구경꾼들이 외치던
몸을 따뜻하게 해라, 이 말이 미치도록 좋았다

훈련된 개는 계속 사람을 좇는다
피에 가까운 쪽으로
가로수는 서 있다 가로수는 선다 가로수로 태어나지 않
았다

그림자에도 목소리가 있다면
수저를 몇 벌이나 놓아야 할까

눈을 뜨고 무시무시하게 키가 자란 나무들을 본다
들려오는 말을 듣고 싶었다

토마토라 한다

혀는 공양을 위해 태어난 존재 같아
완전하고 무결하게
토마토 거꾸로 걷는 토마토
앞으로 갈 수 없는 토마토 달아나지 않고
자신만의, 겨우 손바닥 안에서
좁고 애처롭게
외자 이름을 가진 새들처럼
여분의 모음에 사로잡힌 토마토
입속에 빠져 죽은 사람이
얼굴 위로 끌어올려지는데
저수지 수면 위로
돼지의 뻣뻣한 터럭 같은 겨울 산이
얼었다 부서진다
처박힌 차 속에서 뭉개진 토마토
저수지의 뚜껑이 도려내질 때까지
붉고 거대한 선지 덩어리처럼
공양된 후라도
한 줄 올라가는 연기
흔들리는 것만은 멈출 수 없다

멍든 물

한숨 돌립시다 잠깐 엎드렸던 것도 잊어버리고
추위와 어둠이 새벽의 진심이라는 것도 모르게
그렇게 합시다 그러면 됩니다
열에
꽃이 만든 열매가 열매가 버린 씨앗이 목에 걸립니다
물 한잔 마시고 합시다
뜨거운 물이 입속에서 차가워집니다
차가운 물을 받고 생각합시다
이것은 식은 적이 없다
이마는 한 번도 끓었던 적이 없다
힘낼까요 힘을 내서 이 맛을 알아봅시다
맛은 소리 없는 향으로 가득한데
무향도 향이라고 말하기도 합니다만
비에서 나는 먼지 냄새, 왜 자꾸 맛에서 무엇이, 말이 들
린다고 합니까
들어 봅시다
한 모금 잠에서 깨어
장마철 하천가 풀처럼 무성해지는 마음
보도 위에 납작해진 지렁이 토막

작은 돌멩이처럼 꽃나무와 나무 사이를 옮겨 다니는 참새 무리

날아갈 것 같아 가슴에 돌을 얹어 달라는 시인을 생각합시다

낙과가 모여 있는 바구니를 봅시다

저녁이면 돌아와

친구의 가슴에 머리를 기대고

언제나 너무 바닥으로 끌어당겨 지는 그 마음과

한 봉지 장판 위에서 더 멍들어 가는 열매,

우산이 마르는 한밤

아래로

깊이

물을 내려앉힙니다 넘치지 않게 애쓰는 목과 어깨의 각도 때문에

내가 말해 주지 않는 생각 때문에

내게 말할 수 없는 그 달리기 때문에

아주 빨리 달려서 나는 것처럼 보이는 새의 두 발이

발끝을 세워 들어오는 귀가에 대한

상상만으로도

내어 주는
천천히 마실 수밖에 없는 그
한 입술씩
축이는
물 한 잔에 대한 생각만으로도

히든 트랙

화장실 문을 두드리러 나갑니다
쪼그려 앉은 사람이
몇 번이고 문 안쪽을 두드릴 겁니다
대답할 겁니다

거기, 보고 싶어요
불문곡직 따라갈 것 같습니다

무언가를 꽉 쥔 사람을 보면 울고 싶은 건 나였는데요
기미가 보이지 않았습니다 한밤 음식물 쓰레기통 배를 들
췄다가, 덮습니다 머리와 창자를 버리는 사람은 상처 입은
사람 나는 사람과 눈 마주치고 싶지 않아요 사람은 너무
자주 웁니다 몸통을 다시 채웁니다

뒤를 따라 달렸어요 갑자기 저 등을 확 껴안으면 더 겁
에 질리는 사람은 누구일까 비 맞고 한데서 쪼그리고 앉
아 있는 머리와 창자에게 물어봅니다 함께 가자 권유해 봅
니다

피 흘리는 사람 뒤를
두드리는 자세로
나는 따라갑니다 계속 두드릴 거예요
각자의 방으로 돌아가기 전에

아무도 나를 미워하지 않습니다
사람을 믿습니까, 넘어진 것들은 온몸으로 땅을 위로하
는가요
몇 번이나 바닥을 두드리는 건가요

거기, 보고 있어요
엎어진 당신의 뒤를 내가 앞으로
두드리고 두드리는 곳에서

당신은 이제 깨어납니다

땅 위에 올라서려는 파도의 형식같이 파도의 자아같이 나무들이 수런수런 입술을 뒤집고 치아를 내민다 서로의 허리를 묶고 해일 속을 낮게 엎드려 지나간다

—

— 숲에 파도가 들어왔습니다.

— 네, 계속 가 보세요.

— 바다는 작은 물방울이었는데 몸을 길게 늘려 요동치는 피를 멀리 멀리 보냈습니다 뱃속에서 키우던 슬픔이 밖으로 뛰쳐나가려는 걸 막았습니다 죄 지은 것 없이 죄에 사로잡히는 기분 말이에요.

— 계속하세요.

— 아, 아아 지은 죄가 너무 하찮았고, 한 잔의 술 한 개 인간도 살려 내지 못하고 우리는 숲에서 나왔습니다 서로 등을 돌리고 파도 소리를 팔뚝 깊이 투약했습니다

선생님, 얼굴에 피를 칠하면 다른 사람이 되는 것 같습니다 어떤 색깔은 왜 감정을 불러일으킵니까.

— 선생님이라니, 이봐요. 벌써 깨어났군요.

— 아니 선생, 그림자를 밟은 채 발이 짖는 줄 모르고 영혼이 창자를 흘리며 따라오고 있는 줄 정말로 저희들은.

—

영혼을 가지러 가야 한다 요충지를 탈환하려는 참이었다 이 생명이 저 생명으로 가고 저 생명이 이 생명이 된다는 이국의 기도문을 외우고 서로의 입을 주먹으로 틀어막았지만 영혼 뒤에 숨어 있는 영혼이, 나뭇잎을 짓이기면 또 세상 같지 않은 녹색이 손끝부터 물들었다 녹색 뱀이다 녹색 뱀, 썩어 가던 다리를 도려내며 그런 말이 나왔다 나뭇잎에게 머릿속도 파 먹힐 거야 알코올 대신 마지막 술을 붓고 그것을 빨았다 점령군의 옷 또한 녹색인데 녹색을 입고 수풀 속으로 기어들어 갈수록 영혼은 스스로 뱃가죽을 찢으며 일찍이 아는 영혼을 내놓았고 우리가 가까스로 잡을 것이라고는 서로의 척추뿐이었다 등을 더듬다가 잠들면 처음 죽인 생명이 새로운 다리처럼 꿈틀거렸다

무대 뒤의 무대

어때, 아오리를 씹으며 물었다 던지고 받기, 받았다 다시
던지기 높은 곳에서는 숨 쉬기 힘들어요 낮은 곳도 숨 쉬
기 힘들어요 주문이나 외우는 쇼는 시시합니다 그물을 설
치합시다 아오리 너는 어떻게 생겨 먹었나 아오리를 만지려
고 하면 아오리는 튀어오른다 나는 당신이 절대 될 수 없
는 모습이지요, 죽을 때까지 같이 있어요, 소리를 지르는
아오리. 모자 속의 토끼와 비둘기는 고루고루 썩는다

천막을 세우며 기둥에 못을 치며 못을 손바닥으로 힘
차게 눌러 박으며 악단을 기다린다 어이 아오리, 내려와서
분장이라도 고쳐! 천막은 점점 비에 젖어 어두워져 가는
데 아오리는 더 높이 올라가고 아오리 허리에 매어 놓은 검
은 리본은 점점 길어진다 나는 떨어지는 아오리를 받으려
고 땅을 본다 그늘을 찾아서 비의 그늘과 아오리의 그늘이
헷갈리지 않게 아오리처럼 아오리의 그늘처럼 아오리의 그
늘에 서 있으면 아오리를 두 팔에 안을 수 있다 아오리, 같
이 새장으로 가서 먹이나 주자니까! 작은 짐승들을 가슴
에 품고, 그러니까 뭐라 할까, 우리 할 일을 하자니까! 아오
리의 리본이 보이지 않는다 북소리가 들려온다 심벌즈 소

리 아오리, 내려와 그만 내려와! 치마바지 차림으로 공 위에 직립한 것처럼 느리게 점점 더 느리게 두 팔을 벌리고 달린다

백지의 척후병

연속사방무늬 물이 부서져 날리고
구름은 재난을 다시 배운다

가스검침원이 밸브에 비누 거품을 묻힌다

바닥을 밟는 게 너무 싫습니다
구름이 토한 것 같습니다

낮이
맨발로 흰색 슬리퍼를 끌면서 지나가고
뱀이 정수리부터 허물을 벗는다

구름은 발가락을 다 잘라 냈을 겁니다
전쟁은 전쟁인거죠

그는 무너진 방설림 근처에 하숙하고
우리 집의 겨울을 측량하고 다른 집으로 간다

우리 고개를 수그려 인사를 나누었던가

폭발음이 들렸던가

팔꿈치로 배로 기어가 빙하를 밀고 가는 정수리

허물이 차갑게 빛난다 눈 밑에서 포복하던 생물들이 문
을 찢는다
인질들이 일어선다

스카이라인

군인들을 군인이라고 적었다.
많다. 라고도 쓰고
읽었다.

흰 장갑을 낀 손에 흰 항아리가 건네진다.
날아가 버린 무게가 공기를 매달고 내려온다.

기억한다, 해서 끝없는 복도가 되는 일.
방문을 열고 다시 닫고 열고 조용히 닫고
방주에 올라탄 동물들의 잠을 헤아린다.

페이지를 만들기 위해서는 움직여야 한다.
한 번에 한쪽이 공평하게 대응되도록
냉혹하게

피를 액체라고 기록하면
깊이가 점점 메워지고 완전한 평면에 이르면
무너진 벽 위에 무너진 지붕이 스카이라인이 된다.

사람들을 사람이라고 적는다.
조용하다. 라고도 읽고
엎드린다.

앵화

순사라는 말을 배운다 벽으로 난 창문을 닫는다
봄에 피는 꽃은 봄과 꽃을 잃었더라고 필기한다

가르친다
심어진 사람의 땅, 나무가 자랄 수 있는 땅
꽃의 이름을 다르게 부르는 곳에 와서
꽃나무를 옮겨 왔던 사람과 살던 여자들의 이름
화자 순자 미자 같은 것

창문을 바라보는 일은 언제나 가능하다
달 없는 밤과 봄밤을 배우고 애상을 암기한다

여자들은 나무의 발작이 끝나자
봄과 꽃이 지나갔더라고 말한다
화자 순자 정자 그런 것
싱싱하고 징그러운 잎이 돋는다

멈추지 않으면 멈춰지게 되는 걸까
한 종족이 완전히 사라진다는 건 기적과 같은 일이라고
한다

열아홉

친구가 수박을 사 왔나 보다
수박이 썰린다 수박 향기는 어둡다
여름을 불러 온다 죽은 수박이 죽어 간다
죽은 사람은 같은 행동을 반복한다
뒷모습은 짧은 밤을 가르는 일에 집중되어 있다
다음 날 다음 다른 날
이루어지지 않은 소원들은
무서운 연료가 된 것 같고 매일 떠 있겠다는 의지로
태양이 우리를 길들이고 있다
불 꺼진 부엌 한가운데
타오르지 않으면 괴로운 불이 일렁인다
물속은 물을 잘 모른다
빛이 가라앉고 가라앉아 타오르고
수면에 비친 것이 썩어 가는 동안
친구가 돈을 놓고 갔다
손끝이 하얘지도록
돈이 좋았다

길다

길다가 그곳으로 긴 상자를 끌고 와 부탁을 하나 했다
아저씨 나무인형이 필요해요 작고 귀엽고
저처럼
살 수 있는 것으로

딱딱하고 거친 것, 뜨거워라
길다는 송판에 머리를 기대고 묻는다
나는 누구일까 나를 낳은 너는 누구일까 딱딱하고 거친
말의 주인
　상자에 다시 들어가 눕는다 두 팔 두 다리
　오르락내리락하는 배 뭔가 움직이고 있잖아 더 이상은
싫어 햇빛 없는 곳은 그대로 어두우라고 해 축축하라고 해
　길다는 일어나 상자 뚜껑을 닫고 그 위에 앉는다

　껍질 없는 과육은 무료함을 어떻게 견디는 걸까
　아저씨는 나무인형을 만들고 나자 썩어 간다
　길다는 아저씨의 입술 끝을 쳐다보며 생각한다
　이 인형은 나의 아버지, 나의 어머니, 거칠고 딱딱한 내
가 될 것이다

길다는 나무인형의 손을 잡고 추운 낮을 걷는다

너는 인형이니 길다는 나무인형의 코를 쥐고 흔든다 불이 필요하니

너는 사람이니 길다는 나무인형의 코를 자른다 불을 피워 줄게

길다는 나무인형에게 아프고 닳지 않는 거짓말을 하게 만들 작정이다 너는 내 상자야

길다는 나무인형의 콧등을 때린다 산 채로 타 봐야 정신을 차리겠구나

소리도 지르고 말 같은 걸 배우겠구나

너는 추위도 모르는 멍청이야 살고 싶니

나무인형은 생각한다

노래하는 상상이랄까 그런 건 하면 할수록 미수에 그칠 확률만 높아지는 걸까

살까요

코가 길어진다

길다는 모로 누워 자고 길다의 엉덩이나 길다의 등에 불의 그늘이 일렁인다
빛이 들지 않는 곳은 경련 또 경련
새들은 날개를
꿈은 발톱을
나무인형은 뼈도 피부도 없이 그림자를 가지고 있다

나무인형은 눈꺼풀이 없다
길다가 묻는다 너도 잠을 잘 수 있을까
너는 자야 해 너는 꿈을 꿔야 해 나무인형은 눈물 흐르지 않는 얼굴
길다는 나무인형을 끌어안고 꿈을 말해 보라고 한다

꿈은 발톱으로 거짓말을 움켜쥐고 날아오르는 겁니다
타닥 타닥
미래로 가는 다리를 건너고 있었습니다 저는 천 년 후로 갔습니다
천 년 후의 세상은 길다, 당신의 살색 같았습니다
모래라고 부르더군요 그곳에서는 모든 사람들이 눈과 코

와 입을 가리고 다녔습니다

　그리고 나는 다시는 다리를 볼 수 없었습니다

　오백 년 전에 다리는 파괴되었거든요

　나는 계속해서 천 년 후로 건너오는

　타닥 타다닥 탁

　천 년 전의 사람들을 마중 나갔습니다

　그들을 수용소에 가두는 일을 했습니다

　길다는 불을 사랑한다 숯으로 쓴 글을 읽는다

　오늘도 꿈 이야기를 해 봐

　저는 격투기 로봇을 수리하고 있었습니다 탁

　매끈하고 강한 몸 탁 불 속에서 오래 두드린 몸 탁

　길다 당신보다 덩지가 크지만 부드러운 피부는 없어요
태엽과 못과 전선과 합성수지와 약간의 피…… 실감 나야
하니까요

　새로운 전투 프로그램을 실험 중이었습니다 단번에 파
괴되어서는 재미가 없으니까,

　조련이 필요했습니다 나는 어느새 로봇이었습니다 사실

나는

  개발자의 서랍에 처박힌 작은 칩이었고 나는

  싸움을 할 수 없다는 사실에 슬퍼졌어요 칩이 녹아내리
도록 울어 버리려고 했지만 그저 먼지 속에 뒹굴고 있었습
니다 모래 위의 글자라고 불렸습니다

  길다는 마지막 나뭇조각을 태운다

  너는 남자일까 여자일까 나무인형은 옷을 벗었고

  길다는 고개를 갸웃거리며 지켜본다

  저는 꿈을 꾸지 않습니다

  길다는 춥다 태양을 사랑한다 같은 자리를 맴돌고 있다
나무인형의 관절이 벌어지기 시작한다

  저는 생각을 하지 않습니다 생각은 사람이 합니다

  길다는 나무인형의 머리통만 남기고 모두 태운다

  길다는 베개 삼던 나무인형의 머리통을 안았다 갈라진
틈이 축축했다

길다는 물었다 너는 뭐지 나의 거칠고 딱딱한 잠자리는
어디로 갔지

머리통의 갈라진 틈이 조금 움직였다 저는 죽습니다 제
노래입니다

코가 길어지고 길다는 불을 피웠다

해상도

꿈처럼 큰 원숭이를 기른다
뒹굴고 산책하고 냄새 맡는다
원숭이가 자라면, 원숭이를 팔아 집을 사자
원숭이가 새끼를 낳으면, 같이 살자

하루에 한 번도 영혼이라는 말을 생각하지 않는다
일 년이 하루 같고
하루 언제 물속에 던진 돌이 떠오르고 하늘에 떠 있는
나라가 있다
허공에 뜬 별이 있고 어느 정도의 높이인지 알 수 없는
날이 온다

사진을 찍어 둔다
가로수가 떨면 사진을 가졌다는 것을 생각할 거고
나를 닮고 나보다 멋지고 그래서 나를 안 닮은
원숭이들이
공중에서 우리 집을 구경하는 것을 구경할 것이다

사진을 찍을 때 나무가 잎사귀를 떨어뜨리고

비에 젖은 짐승의 털빛이 검게 빛난다
원숭이라고 길렀다면, 흔적을 찾자
돌을 주워 쌓아 놓자

장례식에 쓰는 사진은 경계선이 뚜렷하고 날카롭다
사람이 아닌 곳은 보지 말라고 한다
따라온다고 한다

사다코 씨에게

크고 무거운 열매를 매일 떨어뜨립니다
빛은 우회로를 모르는 짐승처럼 한 곳만을 두드리지요
그 뒤의 것을 알고 있다는 듯이
끈질긴 형사같이

크고 검은 코끼리의 내장 같은 외투일 것입니다
그건 누구도 벗길 수 없는 외투였고
그것 속에 내가 그 외투를 짊어지고 외투를 먹이는 사
육사처럼
외투에 먹혀서 그들 자신에게 도달했다고 했습니다

검은색을 알고 싶었습니다
머릿속에 머무는 가장 조용한 석실
기억하기 어려운 끔찍한 상상들
글로 써 놓으면 더 이상 아무런 냄새도 빛깔도 없는
바닥
밑바닥

힘을 주지 말라고 하는데 자꾸만 배가 고파집니다

씨앗처럼
열매를 썩히는 데 소질이 있다고 했죠

높낮이가 다른 소리가 함께 터져 나올 때
거친 소리가 큰 소리라고 말해 버렸습니다

태양은 지라고 만든 말
손을 뻗었습니다
외투 끝에 불을 붙일 수밖에 없었습니다

왕과 광대

밤과 낮은 겹쳐진 나뭇가지처럼 서로를 문지르고
앉은뱅이와 장님의 우애로 시중을 든다

품위를 지키며 불행을 맞이하고 싶어*
하루를 바지 주머니에서 꺼낸다
언제까지 주물럭거릴 거야? 허리를 숙인 밤이
힉힉, 숨을 참으며 웃고
광대가 튀어 오른다

심은 지 하루도 안 된 나무 위로 덤블링 덤블링
마마, 소인은 죽을 때까지 이 짓을!

나무가 점점 작아져, 짐의 기분 탓인가.
그는 광대를 내려다보며 빈 가지마다 팔을 건다
나무! 이상하게 얌전하군
체증이 오른 것처럼 새하얘

내빈들이 씨앗을 뱉고 손을 비빈다
광대의 가랑이에 대롱대롱 매달린 열매다

비에 꽂힌 손들이
광대의 타이즈를 밀어 올리며
왕의 얼굴에 분을 바른다
덤블링 덤블링

광대가 왕을 내려다본다
마마! 소인이 죽을 때까지
박수 소리가 나무를 키운다

* 토마스 만의 단편소설 「루이스헨」에서, 어떤 예술가 부류는 고난이 닥치
  면 속수무책으로 예술가인 척했다.

테마파크

사모바르 꽝꽝 얼어붙은 채로 벽난로 위에
얼지 않았다면 기울어질 때마다 흐를 것이다

늙은 왕은 흰 종이를 구겨 창밖으로 던진다 계단 밑에는
자신의 광대가 종이를 깔고 누워 있고 종이를 다시 펴며
히죽거리고
팔뚝에는 핏줄이 시퍼렇다
뚜껑을 두들겨 올리는 하얗게 뭉쳐진 주먹
밑이 다 타도록 주먹질만 해야 하나 사모바르여
소음을 호흡하니 노래가 되었다 목소리
뒤의 목소리 더 작은 맥박 숨소리

불이 떤다
두껍고
먼지 무겁게 내려앉은 망토를 걸친 역사는 등에 진 광대
를 찾아 미친 듯이 두리번거린다
흰 종이는 끝없이 광대의 어깨 너머를 메우고
왕국을 구겨진 선전물의 나라로

벽, 이라고 외치면
흰빛 모두 온전한 현수막이 될 것처럼

낡은 망토를 쓴 것이 광장에 양손을 높이 들고 나타난
다 퍼레이드는 먼지와 불티까지 태우고 남은 재처럼 웃고
어디든지 흩날린다

구겨지고 떨어지는 것에 몰두하고 있으므로
큰 소리 뒤의 작은 소리로 너무 작은 소리로
귀를 막을수록 잘 들리는 자신만의 숨소리
손목의 먼 소리

늙은 왕이 단호히 일어선다
망토가 창 아래로 떨어진다
모두가 왕과 광대를 사랑한다

플레이 볼

여기 한복판에서 옥수수 밭을 말한다
옥수숫대 사이로 사람들이 뛰어다닌다

나는 여기를 등지고 옥수수 밭을 향해 공을 던진다
하늘은 높고 옥수수가 아직도 익어 간다 공이 떨어진
쪽에서
새들이 날개를 펴다가 낡아 버린다

그림자를 가지고 움직이는 게 사람이라는 걸 어떻게 알
았을까
옥수수 밭은 깊다 사람이었으면 좋겠다

옥수수 잎은 나날이 노란색, 빛바랜 노란색이 얼어붙는다
그들의 그림자는 검은색이 아니다

등대지기처럼 밤새 불을 켜 두면 사람들이 보이지 않
는다
나는 검은 옷을 입고 옥수수 밭 바깥을 정돈한다
없는 사람으로 약속한다 공을 날려 달라는 말이다

아침마다 쓸고 닦았지만 털어 낼 수 없는 빛을 본다

저기

나무가
배에 칼을 담은 사람처럼 걷습니다

스스로를 부축하는
손잡이 빠진 칼

뜨겁습니다 잎은 무성히 번쩍이고 단단해
불타는 숲에서 짐승들이 쏟아져 나옵니다
허리가 번들거립니다 세상 것이 아닌 것 같습니다

누구도 신고하지 않습니다
여자는 칼이 나갈 문을 잘 감춥니다
가지 끝 가늘게 멀고
붉은 대낮

차력사가 모가지를 붉게 만개시켜
이빨로 트럭을 끌고
칼자루는 벼락을 빌려 송곳니를 갑니다
그녀가 돌아다니고 있습니다

나무를 부축하는 칼날

구부러진 길을 구부러져 돌아갑니다

이 말을 하는 나는 누구입니까

성

또 이런 이야기를 들었다

심리학과 대학원생과 걷고 있었다.

실험용 쥐는 저 같은 사람도 살 수 있나요?

안돼요 윤리규정준수 서약서도 써야 하고.

작고 하얀 쥐가 아크릴 박스에서 무엇인가 올려다보고
있다.

그게 그의 얼굴은 아니었고, 실험이 끝난 쥐가 어떻게
되는지 묻지 않았다.

물어봤다면 말해 주었을 것이다.

조금 주저하면서 조금 미안하다는 듯이.

우린 마음이 잘 통한다고 생각했는데

마음은 어디에 있을까요.

쥐 우리 청소하는 일은 학부생들이 해요.

저, 사실 쥐를 사서 싫은 사람 집에 풀어놓고 싶어요.

그 학생은 웃어 주었다. 웃어 주지 않았으면 좋았을걸.

조금 의심스러워하거나 울어 주었으면

손을 잡고 여기 쥐가 있네, 그런 아저씨 같은 말을 하
면서

뜨거운 밀크티를 마시러 들어갔을 텐데.
구해 준다고도 말해 주지 않았다.

　　　바로 떠오르는 사람이 있다.

　　　또 이런 이야기를 들었다

다과를 들던 옆자리의 여자들이 한순간 정적을 지켰다.
　그 종교의 교주는 결혼을 앞둔 여자들의 초야권을 가
진다.
교주는 몇 년 전에 자연스럽게 늙어서 죽었다고 한다.
찻잔에 묻어 있는 립스틱 색이 제각각이다.
순결캔디를 나눠 주던 선한 웃음의 사람들이 떠올랐다.
욕실에서 친구를 만나기 싫은 날은 계속된다.
뜨거운 차를 불어서 마시는 여자들,
누구에게도 살해당하지 않는 사람들이 떠올랐다.
싫은 사람이 쥐를 죽이지 못했으면,
보이지 않은 채 영영 쥐가 그 사람을 따라 살기를 바란다.

또 이런 이야기를 들었다

이제 이야기는 그만 듣고 싶은데
한 발을 디디면 다른 한 발이 나간다.

밤이 너무 길어지고 있어서 이대로는
밤에 일하고 낮에 자는 생활을 해야 할지도 모르겠네
요.
일하고 자게 되겠네요.
일과 잠, 그것은 어른들이 문서로 간절히 지켜 오던 것
인데
꽃과 물고기처럼 자면서 일하고 일하면서 자겠네요.
낮과 잠을 처음으로 연결시킨 어른은
반복되는 우연을 끝까지 우연이라고 부르게 해 놓은 그
어른은
어디에 묵으셨을까요.

아까 여자 중에 한 명이 갑자기 꺼낸 이야기인지도 모
른다.

이야기 좀 제발 그만하라고 말하지 않는 친구,

그러니까 그거 니가 쓴 시 이야기지.

이야기.

이야기.

신성한 것은 사람에게 깃들지 않는다,

배웠으면서 친구의 얼굴이 무섭다고 생각했다.

친구가 벽 속으로 사라지고 있다고 느꼈다.

친구가 무서우니까 이야기 좀 계속 해 보라고 말한다.

사유지

친구는 내려오라는 말에도 서 있는 공터의 친구다

공터는 걷는 족족 작은 미로가 되고
벌레들의 대로
큰 미로의 모퉁이가 되고 쉬지 않고 얼룩지는 명암에 속
한다

공사장의 자재들은 거대한 무덤의 파수꾼처럼 아름답고
조용한 자질을 타고났다
친구는 불 꺼진 저택에 속한다 저택은 아직 지어지지 않
았다

해가 골똘히 친구의 이마를 본다 밤에도 해가 떠 있다
는 것을 배우고
그날부터 밤이 없다는 사실이
타오른다 친구가 자냐고 물으면 잔다고 답한다

두 손의 그늘이 우리가 가진 장난감, 남의 손을 가지고
놀 정도로 자라나면

그늘은 더욱 깊어진다 거기서 친구가 이야기를 시작하
겠지

해가 들지 않는 곳과 해를 들이는 곳이

공터를 밀어낸다

만원(滿願)

찬장이 깨끗합니다 냉장고도 가볍고
냉장고가 없으면 더 환상적이겠죠 그러나 저는 현실적입
니다

「돌아가고 싶다면
이곳에서 아무것도 먹거나 마시지 마라」
네, 천사의 말씀

그러나 내가 천사의 말 한다 해도 산을 옮길 믿음이 있
어도
새벽과 아침을 내가 이대로 이렇게 벌써 외면하고
천사의 말이 내 입을 찢는군요 「나 보여?」

분명합니다 나뭇잎이 반짝거린다, 그것을 같이 보았다,
그러니까 친구, 라고 생각했습니다 가방을 메고
지하철 계단을 뛰어 내려가는 친구들의 머리카락이 흔
들립니다

가장 귀한 것은 가장 어렵게 얻는 거라고

스크린 도어에서 읽었습니다 제 천사도 친구도 읽었을
것입니다

　　그러나 나는 무병장수의 관상, 무엇을 먹더라도
　　죽기 어렵습니다 어렵겠습니다

「(침묵)」
천사 주제에 말을 좀 합니까

우리가 본 것

창문이라고 써 놓고 하루 종일 보고 있어도
볼 수도 없고, 창문이 아니라는 것은 안다
알고 있다

창문이라고 벽에 창문이라고 쓰고
거기 앞에 서 있지 않아도 괜찮다

세상에서 가장 멋진 창문이 아니어도 나쁘지 않고
하나뿐인 창문이 아니라도 세상모르고
주먹을 날리는 동안
주먹 속에 실은 몸은 더욱 차갑고 무거워진다

모든 것을 끌어당기는 한 점이
멀리 떨어진 얼굴을 향해 날아갈 때

기적을 이기는 건 어려운 일이지만
우리는 젊고 건강하고
창문 뒤에 나만 서 있지 않다고, 제발

사신 앞에 국화를 놓고

창문이라고 써 놓고
파고라는 말을 몰라서 전부 파도라는 말로 고쳤다

내일과 모래 사이

너는 무릎이 지긋지긋하다는 듯 일어난다

도마뱀은 무릎이 파묻히는 왕국을 세울 것이다
해수욕장의 해파리처럼 나타나 이것은 가슴이요 이것은
배이니
몸을 휘감다가 속수무책 사라질 것이다

그 나라는 고온다습하고 깊어서
포개져 자다 보면 시민권이 필요 없고
새로운 종을 낳아도 아무도 모르니
아름답겠지

광장은 새로운 왕국의 침실
매끈한 도마뱀이 꼬리를 물고 기어 나온다

냉혈을 타고 오라, 서늘하고 축축한 전갈이
너를 놀래키는 것이다

투명한 피가 건물 꼭대기를 휩쓸고

조그마한 꼬리들이 보도블록을 뒤집는다
무릎 밑을 만져 보려고 허리를 숙인다

모르는 나라에 가게 된다
새로운 종은 이름을 얻지 않아
곧장 사람들 앞에 출몰할 것이다

큰 그림

그림을 보는 내내 말이 없다 서명을 망설인다 그러다
도 마음속으로 석고상에 쓰인 낙서를 읽는다 「그러나 나는
너의 달린 머리일 뿐이야」

너는 그림을 사람처럼 대한다 좋아하는 사람 싫어하는
사람
너를 모르는 사람 네가 만나게 될 귀인
마침내 네가 될 사람

큰 그림의 도판의 구석을 보고 있다 가까이 가 볼수록
캔버스는 이해를 바라지 않는 추상화가 된다 양동이에 받
아 둔 물그림자에 흔들리는 머리가 말한다 「나를 내려놔
너는 위대해지고 너는 이제 숨어서 올지 않고 길에서 울게
될 거야」 사람처럼 보인 상과 벌이다

대답을 잊고 듣지 않은 것처럼 두 손으로 턱을 받친다

검게 탄 팔로, 고개를 숙인 소년이 석고상을 씻어 돌아
오고 있다

결과물이 아름답더라도 나는 개의치 않아요*

말하고 싶지 않으면 말하지 않아도 된다

내가 그렇게 말한다

입 없는 초상화를 가지고 있다

언젠가, 뺨이 붉어지고 나서

빨간색은 모두 흰 물감으로 식히는 화가로서

그려 둔 것

사과는 하나도 열리지 않고

원숭이는 아랫도리를 흰 시트로 덮고

분화구에는 눈이 눈이 쌓이고

백일홍은 모조리 흰 돼지처럼 꿀꿀

그런

계절 그림으로 시작한 것

손톱이 빠지도록 빨아 만든 색이

단단히 마르기 전에

내 목에 걸어 준

액자

목을 베면 목련이 쏟아진다

말할 수 없으면

벽에, 환한 대낮에 숨으라고

거기서 피를 다 뿌리라고

내가 그렇게 듣는다

* 미국의 미니멀아트 작가 솔 르윗(1928~2007)이 인터뷰 중에 한 말입니다.

지진 한가운데

밤에 운동화를 빤다
거품이 손목을 밀어 올린다
비
비
서서 자는 물의 숨

바다에서 우리는
지퍼를 단단히 잠근 텐트처럼
목소리를 잊어버린다

소금 속에 파묻힌다 유충과 겹눈과
허물어지는 안개
짠 숨을 나눠 쉰다

비눗물이 손을 띄운다
우리는
멀리 갈까

모조 진주는 굴러가 버릴 것

검은 놀들 쏟아지다 솟구친다

운동화는 날짜 지난 신문을 물고
창틀 안쪽에 놓인다

천천히 껴안으며
풀어놓은 끈을 조이면서

우리

예감할까
고아처럼

캠프

어두운 여름이 쏟아진다 앞서가는 것이 나와 닮아서 멈
춰 세우고 싶었다

밤, 그것은 깊어진다 얕은 낮과 얕은 아침은 없다 얕은
잠과 깊은 잠이 있다

나는 숲을 쓴다 숲은 흔들리는 것이어서 돈을 주고 싶
었다
숲에 가 본 일이 없다 나만 만질 수 있는 곳이었다

나뭇가지를 주워 나무와 새끼 나무라고 쓰면 마음이 살
을 뚫고 뿔처럼 자라난다
잘라서 쓰고 버리고 쓰고 버린다

물속에서 물고기가 태어나고 육지에서 고기가 태어난다
날개 달린 건 먹을 수 없어서 사다리를 치우고 둥지를
감춘다

먹던 것을 남기면 숲에서 짐승들이 내려온다 먹이가 되

는 짐승이 있다

캠프로 돌아오며 거대한 캠프파이어를 기대했다

줄

나무토막을 묶고 짖어 봐, 굴러 봐,
줄이 있으면 뭐든 작은 짐승으로 만들 수 있었지.

여기까지 말하고 그녀는 물을 마셔야겠다고 한다
그녀는 두 손이 묶인 것처럼 비둘기를 만들어 온종일 날
린다

안 죽는 거다, 내 짐승들은 다 죽었지.
그녀는 자신의 말을 다 한 것처럼 계속 말한다
무릎 위로 떨어뜨린 두 손이 깨진 알 같았다

이 새들은 원래 누구의 것이었을까,
나는 짐승을 풀어놓고 키울 수 없었어.

나는 그녀의 턱을 닦으려고 한다 기다려 안 돼, 기다려
손목에 달린 고무호스가 흔들리고

비둘기가 그녀의 무릎에서 날아 오른다 나는 다음 말을
기다린다

그녀는 눈을 내려 뜨며 물을 마신다

줄을 물려주겠다고 한다 그녀의 입술에서 물이 새어나와
내 이마를 적신다

비둘기라고 생각했던 짐승이 창문에 부딪혀 바닥에 떨
어진다
다시 날아오른다

도시의 햇빛

문을 어떻게 산책할 수 있지, 문 주위를 빙빙 돌고
어디로도 통하지 않는 오후에 저녁에
수문장들이 부드러운 뺨에 수염을 붙이고 그림같이 서
있다

이 그림은 살아 있는 사람 같구나
네 나라의 문은 그림이네

옆 사람이 카메라를 들고 외국인처럼 말하고 고개를 이
리저리
돌린다 문 앞에 선 이들은 문을 넓게 쓴다

먼지 속에서 도시락을 나눠 먹고 포장된 물을 마신다
문이 문으로 보이지 않는 자리에서 주머니를 넓힌다

문을 관광하고 숙소로 돌아가 문을 민다
문이 솟았던 일대는 전부 문으로 통한다

수문장 복식을 한 남자들이 주머니를 지키고 있다

먼지 섞인 비를 흘려보내며

문이 문과 다르게 보이지 않을 때까지 손이 하는 일을
한다

덮어쓰기

알리바바의 여종은 분주하다
아침부터 저녁까지 모든 문을 분필로 칠한다

도둑들이 그녀의 발뒤꿈치를 부싯돌에 간다

*

방문이 부드럽게 긁히는 소리
발이 아주 작은 여자가 천으로 만든 신을 신고
복도를 오간다

사십 명이 함께 기름을 뒤집어쓰고 불을 당겨도
타오르는 시간은 다를 것이다

*

여자의 머리카락은 먼지와 구름과
불타는 소파

항아리 속에 숨어 있던 나는 작은 신발을 받았다
말을 배워야 한다고 했다
사십 명이 배운 말은 사십 명보다 많고
그건 마치
불 속에서 꺼낸 소파에 앉는 법과 같다고

입술을 움직이고 있었다 불꽃은
꺼지지도 커지지도 않았다
생각보다 많은 사람들이 뜨거워하고 있었다
한 사람 한 사람의 말이 필요했다

땅을 디디면서

버스 손잡이를 놓고 앉았다 일어섰다 흔들린다

광장에 발끝을 좁히고 서 있는
사람이 많다
가라앉아 가며 수면으로 솟구치는 머리카락

횃불을 들고 겨울 숲을 돌아다니는 이야기

햇볕에 타도록 화분 바깥으로
아스팔트로 넝쿨이 자란다

성에를 태운다 손이 따뜻하다

숲을 전부 태울 게 아니라면 짐승을 쫓고 잃어버린 사람
을 찾아서
타오르는 마음은 높낮이를 멈추고
숨을 참는다

웅크리고 앉은 이들의 정수리

빛이 넘쳐 난 사진같이 수면에서 들여다보는
안 보이는 바닥같이

숲 속에서 번져 가는 횃불은 계속 숲을 넓히고

거리로

창밖에는 눈이 내린다
이 건물에서는 아무것도 보이지 않지만
나갔다 들어온 사람들이
젖은 속눈썹을 깜빡이며 그렇게 말하고
기상 캐스터가 그렇게 말한다
「죽고 싶으면 죽어도 좋아
그 전에 이것만 다 써 보자」
친구의 맞은편에 앉아 연필을 깎는다
자막이 채 읽기도 전에 빠르게 지나간다
칼을 움직이는 소리 말고는 아무 소리도 들리지 않고
사람들 머리 위로 어깨 위로
눈이 온다고 한다
꿈결같이 사람들이
맞아 죽었다
기다랗게 깎여 나가는 껍질 더미
하는 일마다 열매가 맺힌다
오늘 생각한 것을
검은 종이로 만든 다음에도 생각이 변하지 않으면 생각
해 보자

우산을 들고 나가야 할까?
내가 묻고 친구가 칼과 연필을 챙긴다

사형수와 도형수

허리를 숙여 신발을 터는데
티셔츠 안으로 가슴이 보였다
너는 낯선 소년이었고

나는 본 적 없는 소년
주제에 가슴이 자란다

티셔츠에
굴곡이 생겨날 때
왜 그림 속의 꽃과 새가 생각났을까

새가 된다는 걸까
너는 웃으면서 공중에서 똥을 싸는 기분이라고 답한다

신발을 놓을 현관이 필요 없어진다
한낮의 빛이 눈가를 비빈다

있잖아, 우리
뭘 기다리는 거야

아름다운 문장은 슬프고

그런 문장이 타들어 가는 걸 보면 얼굴을 들 수 없었다

얼굴을 들지 않아도 표정이 보였다

서로의 그림자를 밟는다

밟아도 밟혀도 죽지 않는 무생물처럼

한 무더기 젖은 실타래 속에서 긴 팔, 복도로 난 모든 문을 넘겨보기 시작한다 풀려나온 실에 사람들이 넘어졌다 일어난다

목욕물 바깥으로 기어 나오려는데 두 다리라니 뜨개바늘을 목에 꽂아 혈관을 죽죽 뽑아 지어 놓은 한 벌

물고기를 그리워하는 건 그만두자 두 손을 교차로 겨드랑이 사이에 집어넣는다 아가미를 닫는다

콘크리트 바닥이 맨발을 다독여 올린다 출렁이는 걸 안고 있으면 물고기도 땀을 흘린다고 말할 수 있고 나도 물이 남긴 찌꺼기라고 말할 수 있다

혼자 입기에 너무 큰 한 벌, 지느러미같이 꼬리같이 파닥이는 물이 나의 체온을 흉내 낸다 니는 말할 줄 안다

복도를 돌아다니며 크게 웃는 법을 배울 차례다 두 눈을 감고 잠든다는 것이 난처하지 않다

연문(戀文)

정물 놀이를 하자고 했다

반듯하게 누워 천장을 보면
미소가 뒤통수를 밀고 닻을 내린다
얼굴이 몸에서 떨어질 만큼 어제도 그제도
너무 많이 웃었다
바닥에서 모르는 손들이 자라난다

새벽에는 춤을 추러 나갔다
발뒤꿈치에 뱀을 매단 것처럼
걸어 다녔다

녹조

바나나 망고 파파야 순서대로 놓으며

그게 우리가 가는 곳이야 중얼거린다 바나나 망고 파
파야

그런 과일들을 먹는 동안에는 어떤 슬픔도

없을 것 같고

내 나라의 말로

너는 네가 원하는 곳으로 갔다 나도 내가 원하는 곳에
있다

신문을 샀는데

천둥

신문에 쓰여 있는 글자들과 비슷하다 현지인처럼

신문을 겨드랑이에 끼고 천천히 걷는다

외투가 다 해질 때까지 하늘이 끝나지 않는다

내가 가고 싶은 곳으로 너는 가 주었다 지구는 둥그니까

가서

천둥이 친다고 했을 때 나는 정말로 뒤를 돌아보았고

너는 그냥 놀랐다는 뜻이라고 과일 껍질을 버리며 절벽

같다고도 했다

잉어 양식장

친구의 잠과 이 마당은 낯설고 하수구 냄새를 만든다

세탁기가 돌아가는 일요일
친구의 약을 얻어먹고 오후를 넓히는 데 집중한다

친구의 티셔츠처럼 친구는 조금 크고 조금 길고
이 집에서 나는 노력 없이 노력한 것보다 더 작아진다

친구,
너는 왜 고아가 아닐까 건조대에 빨래집게가 가득 매달
려 있다

친구는 약을 먹으면서 많이 좋아져서
이제는 약을 먹지 않을 때만 깨어 있다 친구의 선생님은
대문과 현관문 사이를 마당이라고 부른다
뭔가 키워 보라고 권한다

다이빙 선수가 가진 어두움,
수면에 비친 그림자가 확 튀어 오른다

빨래가 끝났다 마당에 비가 올지도 모른다 친구의 앞날
을 빈다 뺨에 난
베개 자국을 손으로 문지르면서

비 냄새가 나면 다시 세탁기를 돌려야지,
친구는 나를 키우다 죽게 된다 그래도 된다

수인학교

돌로 눌러놓은 신발을 가지러 간다
착하게 살자
바르게 살자

그런 큰 돌에는 마을 이름이나 학교 이름도 새겨져 있
는데

사람을 사랑해야지
그렇게 말한 것이 친구였는지 선생님이었는지 모를 정
도로
눈 감고 들은 말은 캄캄했고
사람이 들을 수 있는 말은 참 많다

사람을 사랑해야지

커다랗거나 너무 작은 신발을 끌고 우리는 방으로 돌아
간다
모포를 혼자 덮고 싶다는 말은 못하고

선생님은 자신을 친구처럼 대해 달라 했고
누구에게나 친구가 있다고 말했다

죄와 죄인을 분리할 수 없다는 것을 롤링페이퍼에 쓰면서
사람이 사람을 오래 사랑했고……
해야지 돌로 흙바닥을 문지르면서

그들은 거의 친구 같았고

옆집에서 폭죽 같은 게 터졌다
새해 아침처럼 내가 몇 살인지 생각나지 않았다
봄 다음에 여름

비, 타는 냄새, 희미한 새벽빛과 사람들의 목소리
작은 개는 짖지도 않고 비를 맞는다

맨발로 엎드려 토하던 여자 둘이 구급차에 오른다
그들이 몇 살인지 왜 같이 사는지 경찰관에게 말했다
친구가 우산을 씌워 준다
해 다음에 밤과 달
슬리퍼 밖으로 튀어나온 발가락

검은 연기가 거의 친구 같았고
더 나와야 할 사람은 없는지 소방관이 묻는다
　　　입춘대길
　　　봄에 일어서면 크게 기쁘리라
기둥에 붙어 있는 종이와
개를 데리고 다니는 사람들이 비에 젖는다

연기가 빠져나간 후에 우리는 서서
옆 사람의 얼굴 다음에
불난 집을 본다

1층 아래 반지층
      산처럼 오래 살고 바다처럼 재물이 쌓이리라

허락 없이 사람을 만져서
밥이 끓는다 새로 페인트를 칠하고
그을린 물건들이 길가에 쏟아진다
매일같이 인부들이 집을 버리고 집을 짓고
불났던 집을 못 본다

낙차와 낙원

옆에 앉아 마신다 손 떨리던 것
차가워지고 옷이 마르고 뼈가 되고 살이 되는 마음

「춥다」
고개를 수그리고 말하는데 다 전해 들었다

담장 밖으로 빽빽하게 열매를 매단 나무
허공의 큰 손에 휘둘려 뻗쳐 흔들리는

작고 단단하고 파랗기만 한 감 같은 거
이런 게 춥다

술을 더 사서 돌아오니
친구는 벤치 아래 길게 잠들었다

해저 도시와 침몰한 도시는 다르고
항해는 그것이 어떤 성질의 것이든 희망을 가져다주는데*

친구를 일으켜 친구에게 매달려 익는 마음이

나를 소름끼치게 어린 사람으로 만들어 준다

바다와 배와 가족이란 말을 스스로 배우라고
춥다는 말을 다시 들으라고

* 다자이 오사무, 「판도라의 상자」.

업계(業繫)

뭔가 키우다 죽인 것을 자연스럽게 자랑스럽게 늘어놓
는 말은

잠깐 해가 날 때 도시 천변의 풀 더미는 어디로 실려
갈까

뜨거운 국을 담은 채 혼자 움직이는 그릇

전 층을 다 눌러 놓은 엘리베이터라든가

낡은 빌라에서 잠든 내 친구

「그런데 왜 거기까지 갔어」

친구는 자면서 말한다 자주 눈앞이 어둡다고 말하고

내가 그래그래 하기도 전에

계단에서 발을 헛디딘 것처럼 소리도 지른다

서울에 일주일 내내 비

납작하고 딱딱해진 베개 속에서도 구름 볼 새 없다 쏟
아진다

「여기선 비 오는 날에는 바다가 보이지 않는 길로 다닌
다」

바위인 척을 하는 것을 정말 바위로 알면

바위가 되나 바위도 비를 맞으면 썩을까

바위가 푹 고개를 숙이면
어디까지 굴러떨어지나
누가 다치나
「그런데 왜 거기까지 갔어」

썩은 풀도
깨진 석상도 옮기려면 사람이 필요하다
비가 내려도 된다
천사는 없어도 좋다

중문

돌 대신 빵을 넣다. 낙산공원을 지나 사직단 지하도를
지나다.

창경궁 덕수궁을 지나 경복궁 그런 사람 살지 않는 곳에
빛과 끊긴 그늘 비쳐 들다.

가만히 있기만 해도 옷과 신발이 낡아 가다.
집에 갈 수 있을 것 같아. 해 지면 갈 수 있어.
말하다. 웃다. 블록과 블록 오래 걸은 한 쌍의 발과 멈
추다.
무슨 말이야. 여기서 사람이 죽어 갑니다. 외치는 것 보
다. 앉아 있다 끌려가는 것 보다.
비둘기들이 뒤를 따라오는 거 같아.
평화롭잖아, 일어나. 걸을까. 걸어서 가난히 뒷모습을 보
며 마음의 행렬이 무섭게 일어서 소리 주여 따르다.

허락된 많은 일을 헤아리다. 아닌 게 아니라
큰 나무 아래 새똥이 가득하다. 운현궁 지나다.
행복하다. 자유롭다. 스스로 등을 가지는 말.
아닌 게 아니라니. 네가 한국말로 나를 웃게 하다. 함께

하는 말이다.

빵과 돌이 살과 같은 시간대로부터 너는 왔다.

수포교 건너다. 빛은 입자이면서 파동이고 에너지를 지닌다.

새장의 문을 닫고 새의 날갯짓을 생각했다. 그것이 곧 내 몫의 자유다.*

돌아올 수 없도록 문을 단단히 잠그다. 빛이 들다.

비둘기 뒤덮인 땅으로 가다.

석양 없이 해 지다. 누워 있는 사람들을 피하다.

그만 갈까. 처참히 빛나는 버스를 타고 지하철을 타고.

그게 그렇잖아 다리도 아픈데 왜 다시 태어나려고 했어.

여기가 끝이 아니다. 길어지다 끊어진다. 그래도 아니다.

빵을 쪼개어 먹다.

* 김춘수, 『처용단장』.

웃는다

집행이 시작되고 칼인지 도끼인지 모를 것으로
일을 마쳤다
춤은 없었다 장갑도 없었다
축축한 얼굴을 닦으면서
산더미만큼 슬픈 기분
조금씩 무너지면서
불어나면서
어깨를 내리고
떠나온 나라의 폭우와
지하철과 공연장에서 벌어진 테러를 전해 듣는다

그 나라의 쓰고 향긋한 채소 맛을 설명하다가
웃는다 네가 없을 때 그런 일이 일어나서 다행이라고
가족들이 말했다 시체가 내린 뿌리가 깊었다
핏물을 닦는다
펜스에 기대서
손금을 펼치며
이것은 초식동물이 아니다 사슴도 소도 아니라고 하는데
다시 말하지는 않는다

구원하는 힘

손바닥에 물고기를 올리고 가만히 쥐어 보았다
차갑고 미끌거리는 힘을 냈다
따뜻하지 않아도 살아 있는 것
계속 서 있었다
대궐같이
궁전같이
동물원 대관람차같이
환상 같은 것도 못 보고
환상을 만나지도 못하고
양동이에서 튀어나온 물고기를 집어 들었다가
그게 꿈틀거려 바닥에 떨어지는 것을 보았다
뒷걸음질쳤다 아가미가 움직였다
힘을 빼는 데도 힘이 필요해
물이 물고기를 털어 내듯이
물풀이 모래를 빗물을 만지고 버리듯이
다음 날
주번이 그것을 화단에 묻었다고 말했다
그 애는 땅속을 헤엄치는 물고기 이야기를
문집에 실었다

나는 환상 같은 것도 못 보고
화단을 등지고 서 있었다
보라
완전히 이용당한 자
신의 선지자같이
무엇이 되려고
나는 그게 되었다가 아니게 되어 가는 중일까

시의 척후병
── 분열과 시 쓰기 이야기

이수명(시인)

1 말한다 읽는다 쓴다

쓰기란 무엇인가에 대해 블랑쇼만큼 천착해 들어간 작가, 평론가는 흔하지 않다. 블랑쇼는 글쓰기의 시원과 장소에 대해, 그것이 어떠한 가능과 불가능을 품고 움직이는가에 대해, 글의 존재와 부재에 대해 사유했다. 작품이란 무엇이며 작가란 무엇인가, 작가는 어떻게 작품이 작품으로 되게 하면서 작품으로부터 밀려나는가 등의 전반적인 문제 제기로 작가의 작용과 작품의 단독성을 복합적으로 탐색하고 있다. 『문학의 공간』은 바로 이렇게 문학이 발생하는 자리에 대한 추적이다.

특히 그의 말라르메론은 문학이 과연 존재하는가, 작품

은 어떻게 존재하는가 등의 근원적인 질문을 던지는 가운데, "전체로부터 아무것도 아닌 것으로의 이행"이라는 언어의 본질적 속성에 주목한다. 즉 말이 실현하는 것으로, 말해짐으로써 언어가 사물들을 사라지게 하는 이행이다. 그러나 이 무(無)로의 이행은 동시에 "사라진 것으로 나타나게 하는 힘"이라는 역설의 이행이기도 하다. 사라짐과 나타남의 이행이라는 모순과 복합성은 아마 시에서 가장 잘 구현될 것이며, 말라르메의 언어는 이러한 심연 자체로 보인다. 블랑쇼가 말라르메 시 쓰기를 이렇게 말이 "무효화되면서 공표하는 모든 것"으로 이해하는 부분은 그것의 행로가 무나 죽음이라고 하는 것에서 더 나아갔을 때 가능해진다.*

말이 사물을 대체하지만 사물의 없음으로 있음을 현현하는 것이라는 생각은 말과 이미지 사이의 간극에서 머뭇거리는 현장으로 자각된다. 말은 사물을 부르지만 말이 말을 바라보는 순환으로 수렴되고 만다. 김복희 시에서 말과 사물, 말과 세계, 그 사이의 간극과 심연은 그의 시를 자각적이고 날카롭게 만드는 요소이다. 그의 시는 얼핏 말이 사물 위에 그냥 떠 있어서 말과 사물이 서로를 낯설게 바라보고 평행의 미궁에 빠진 것으로 보이기도 한다. 또 때로는 말이 사물에 가닿기도 전에 벌써 움직이고 있기에 사물이나 세계들이 미처 접속되지 못한 채 부딪히기도 한다. 언

* 모리스 블랑쇼, 이달승 옮김, 『문학의 공간』(그린비, 2010), 48쪽 참조.

어의 부유는 언어의 의문이 되고, 언어의 민첩함은 언어의 주름이 된다.

이렇게 그의 언어에 대한 자각은 말과 사물의 분열로부터 시작된다. 시집 『내가 사랑하는 나의 새 인간』에 언어 행위에 대한 시가 유난히 많은 이유다. 쓰기뿐 아니라 말한다는 것, 읽는다는 것 모두 그에겐 신비로운 일이다. 말이 무엇이길래 사물 없이 사물을 보여 주는 것일까? 사물을 향하지만 사물에 안착되지 못하고 사물을 벗어나게 되는 말은 어떠한 경험일까? 말의 감각은 어떻게 가능할까? 등의 수그러들지 않는 동요가 그 자체로 시가 되고 있다. 그는 끊임없이 이 동요를 환대한다.

순사라는 **말을 배운다** 벽으로 난 창문을 닫는다
봄에 피는 꽃은 봄과 꽃을 잃었더라고 **필기한다**
—「앵화」에서

콘크리트 바닥이 맨발을 다독여 올린다 출렁이는 걸 안고 있으면 물고기도 땀을 흘린다고 **말할 수 있고** 나도 물이 남긴 찌꺼기라고 **말할 수 있다**

혼자 입기에 너무 큰 한 벌, 지느러미같이 꼬리같이 파닥이는 물이 나의 체온을 흉내 낸다 나는 **말할 줄 안다**
—「한 무더기 젖은……」에서

안 죽는 거다, 내 짐승들은 다 죽었지.

그녀는 자신의 **말을 다 한 것처럼 계속 말한다**

무릎 위로 떨어뜨린 두 손이 깨진 알 같았다

―「줄」에서

군인들을 군인이라고 **적었다.**

많다. 라고도 **쓰고**

읽었다.

(……)

사람들을 사람이라고 **적는다.**

조용하다. 라고도 **읽고**

엎드린다.

―「스카이라인」에서

길다는 불을 사랑한다 숯으로 **쓴** 글을 **읽는다**

오늘도 꿈 **이야기를 해 봐**

―「길다」에서

그림을 보는 내내 말이 없다 서명을 망설인다 그러다가도
마음속으로 석고상에 쓰인 낙서를 **읽는다**「그러나 나는 너의
달린 머리일 뿐이야」

―「큰 그림」에서

창문이라고 **써 놓고** 하루 종일 보고 있어도
볼 수도 없고, 창문이 아니라는 것은 안다
알고 있다

창문이라고 벽에 창문이라고 **쓰고**
거기 앞에 서 있지 않아도 괜찮다
(……)
창문이라고 **써 놓고**
파고라는 말을 몰라서 전부 파도라는 말로 고쳤다

　　　　　　　　　　　　　　—「우리가 본 것」에서

나는 숲을 **쓴다** 숲은 흔들리는 것이어서 돈을 주고 싶었다
숲에 가 본 일이 없다 나만 만질 수 있는 곳이었다

　나뭇가지를 주워 나무와 새끼 나무라고 **쓰면** 마음이 살을
뚫고 뿔처럼 자라난다
　잘라서 **쓰고** 버리고 **쓰고** 버린다

　　　　　　　　　　　　　　　　　—「캠프」에서

「죽고 싶으면 죽어도 좋아
그 전에 이것만 다 **써 보자**」
친구의 맞은편에 앉아 연필을 깎는다
자막이 채 **읽기**도 전에 빠르게 지나간다

(이상 굵은 표시는 인용자.)

말한다, 읽는다, 쓴다, 필기한다, 적는다 등의 시어들이 무수히 등장한다. 말하고 읽고 쓰는 일의 알 수 없음, 모든 신비는 다 여기에 있다. 여기서 말은 의문에 빠지고, 모험의 길을 가게 된다. 그것은 말하고 읽고 쓰면서 사물을 놓치는 일, 사물이 사라지면서 말에 들어서는 일의 기묘함을 아우르는 일이다. 김복희 시는 이것을 반복해서 표시한다. 왜 "자신의 말을 다 한 것처럼 계속 말"하면 "무릎 위로 떨어뜨린 두 손이 깨진 알 같"은지, "숯으로 쓴 글을 읽"으면 "꿈 이야기를" 하게 되는지 알 수 없는 일이다. "창문이라고 써 놓고 하루 종일 보고 있어도/ 볼 수도 없고, 창문이 아니라는 것"에서는 쓰기를 통한 말과 사물의 분열이 직접적으로 토로되기도 한다. 시 쓰기는 처음부터 끝까지 이러한 분열의 직시이자 동행일 것이다.

2 새 인간과 분할

말과 사물의 분열이라는 자각 위에서 펼쳐지는 김복희 시의 분열 의식이 말하고 읽고 쓰는 언어 행위의 탐문으로만 이루어지는 것은 물론 아니다. 그것이 보다 본격적으로 작동하게 되는 장은 적절하게도 주체의 영역이다. 분열에 대한 그의 본능적인 시적 감지는 주로 주체를 공략하는 작업으로 나타나고 있다. 주체는 일반 문장에서뿐만 아니라 시의 구문에서도 언제나 주권을 행사해 온 자리이자 요소다. 주체가 비가시적이거나 불활성인 경우에도, 잠재적 주권을 행사한다는 섬에서 주체는 주체의 협의를 벗어나지 못한다. 주체는 말이 모이거나 흘러나오는 곳이라는 점에서 더 분명하게는 말이 생성, 계류되는 다발을 형성한다는 점에서 시선을 끄는 부분이다.

우선 그는 이러한 주체를 단일한 인자 상태에서 부수어 분할시키는 방식으로 시작한다. 눈에 띄는 것이 특정 대상의 호출이다. 처음부터 새, 벌레, 꽃나무, 물고기, 매, 건물, 양, 노새 등이 차례로 불려 나온다. 호출되어 마주섬으로써 이들은 언뜻 주체의 자리를 나누어 가지는 것으로 보인다. 아니, 주체의 자리라는 말은 적절하지 않다. 주체의 자리를 나누는 것이 아니라, 주체가 사물로 나누어지고 있다는 것이 더 정확한 표현이다. 주체가 새나 매나 물고기, 건축을 부를 때, 그들을 주체의 자리로 끌고 온다기보다 도리어 주체가 그들에게로 다가가고 있기 때문이다. 이것을 기존의 의인화에 대비되는 의물화로 지칭할 수 있을 것 같다. 주체는 거의 사물이 된다. 새나 매나 물고기, 양이 된다. 주체는 사물로 분할된다.

새 인간을 하나 사 왔다 동묘앞 새 시장에서 새 인간을 판다는 소문을 들었다 내가 원하는 바로 그 새처럼 우는 법을 배운 새 인간이 동묘앞 새 시장에 매물로 나올 거라는 소식이었다 날개가 있지만 날 수 없고 곤충과는 달리 머리 가슴 배로 구성되지 아니하였으며 다족류가 아니며 두 쌍의 팔다리를 지녔고 갈퀴는 성장 환경에 따라 생겨날 수도 있고 영영 생기지 아니할 수도 있고 큰 소리로 웃지 않으며 달리지도 않으며 먹어선 안 될 것들이 많아 병들기 쉽지만 청결한 잠자리를 유지해 주면 동반 인간의 반평생 가까이 살고 평생에 단 한 번 번식하며 때에 따라 번식하지 않는 경우도 있다는 것이다 (……) 새 인간은 지금 팔랑거리며 잠들어 있다

생각보다 새 인간이 너무 가벼워서 놀라워하며 으깨질 것 같아서 두려워 벌벌 떨면서 새 인간을 받아 들어 버스를 타고 집에 왔다 버스가 너무 흔들렸고 큰 소리로 통화하는 사람이 있어 새 인간이 깰까 봐 두려웠다 새 인간이 집에 도착하기도 전에 죽어 버릴까 봐 겨드랑이에 땀이 났다 새 인간이 그 냄새를 맡고 나를 싫어하게 될까 봐 또 두려웠다 새 인간 이제 나의 새 인간

—「새 인간」에서

표제작이기도 한 「새 인간」은 이를 잘 보여 준다. '새 인간'의 '새'가 'new'와 'bird'를 동시에 가리키는 것이겠지만, 'bird'의 이미지를 지닌 'new', 즉 새로운 인생, 새로운 인간

의 모습이 '새 인간'으로 구체화되고 있다. '나'는 새로운 인간을 꿈꾼다. 새로운 삶, 새로운 인생을 살기를 바란다. 하지만 이것은 언제나 어렵다. 의지로 이것을 만들어 보려 해도 물론 되지 않는다. 그래서 마치 물건을 구입하듯 "동묘 앞 새 시장에서 새 인간을 판다는 소문"을 듣고 '새 인간'을 구매해서 돌아온다. 새로운 인간을 꿈꾸는 '나'의 바람이 '새 인간'으로 형상을 얻어 의물화되는 순간이다. '새 인간'은 이렇게 내가 되고 싶어 하는 새로운 '나'이다.

그리고 상세하게 이 의물화된 주체의 모습이 묘사된다. "팔랑거리며 잠들어 있다" "새 인간이 너무 가벼워서" "새 인간이 깰까 봐" "새 인간이 집에 도착하기도 전에 죽어 버릴까 봐" "새 인간이 그 냄새를 맡고 나를 싫어하게 될까 봐" 등 '새 인간'의 순간순간을 묘사하고, "두려워 벌벌 떨면서" "두려웠다" "또 두려웠다"고도 하고 있다. '나'는 어렵게 얻은 '새 인간'을 잃을까 봐 전전긍긍하는 것이다. 당연한 일이다. 우리는 놓치고, 훼손하고, 망가뜨리는 존재가 아닌가. 우리의 손에 들어오는 그 무엇도 순식간에 상하게 되는 것이 아닌가. 간절히 원한 것이라 해도 다르지 않을 것이다. 한편으로는 새로움의 염원에서 이루어진 '새 인간'이 있고, 이 새로움이 곧 깨질 것이라 생각하면서 쩔쩔매고 있는 불안한 '나'가 있다. 이 이중 상황은 "새 인간 이제 나의 새 인간"이라는 중얼거림을 관통한다. 주체의 분할선이 그어지는 순간이다.

3 매와 비밀 문자

「새 인간」에서 흥미로운 것은 '새 인간'을 시장에서 사온다는 점이다. 주체의 분할로 보이는 '새 인간'이 왜 시장에 있는가? 주체의 내부나 그 주변에 있어야 하지 않을까? '새 인간'이 주체가 바라는 새로운 삶이나 인생을 뜻한다면 "새 인간이 동묘앞 새 시장에 매물로 나올 거라는 소식"을 어떻게 이해해야 할까? 매물이나 판매로 공개되는 것이 모순적이지 않은가?

아마도 '새 인간'이 라캉식의 이상적 자아에 해당되는 것이라면 납득될 수 있다. 이상적 자아는 소위 상상적 단계에서 우리가 받아들이는 이미지이다. 왜 좋은지 생각해 보지도 않은 채 우리가 새로운 삶을 이상적으로 꿈꾸는 이유가 여기에 있다. 새로운 삶, '새 인간'에 대한 이미지가 주체 안에 이미 형성되어 있는 것이다. 따라서 주체가 만든 것이 아니라 거울 단계에서 받아들이는 이미지라면, 주체는 이 이미지를, 새로운 것이라 생각되어지는 어떤 것을, '새 인간'을 구매하는 것이 가능할 수 있다. 주체는 구입해 온 이미지가 깨질까 봐 노심초사한다.

'새 인간'이라는 이상적 자아로의 분할과 비교되는 좋은 예가 있다. 매에 대한 시이다.

매에 대해서는 이야기해 본 적 없다 어둠과

매가 가져올 소식을 들을 수 있게 매의 발목에 쪽지를 풀
어낼 용기

그 쪽지에 남길 비밀 문자, 창틀과 가느다란 나뭇가지, 인간
의 몸에 닿은 적 없는 구름이나 꿈에게까지

모임은 받아들인다 그들은 팔도 길고 가슴도 넓고

심지어 부드러운 잔디밭처럼 아늑하다

적당히 망가져 있어서 편안했다

(……)

매와 모임을 할 순 없을까

그러나 매가 공중에서 놓아 준 쪽지는 할퀴고 갈가리 뜯는
다 발버둥친다

갑자기 가슴으로 떨어지는 시체

매가

내 매인 것을 안다

그것이 매다

매를 죽게 할 수는 없다 사냥을 그치게 할 수도 없다

— 「모임」에서

매란 무엇인가. '나'는 어떤 모임에 나가지만 모임에서 하
고 싶은 이야기를 하지는 않는다. 특히 "매에 대해서는 이
야기해 본 적 없다". 모임은 "적당히 망가져 있어서 편안"한,
사회적이고 의례적인 것이다. 거기에서는 "매가 가져올 소
식"이나 "쪽지" "그 쪽지에 남길 비밀 문자"등을 얘기할 수

없다. 그런 것은 "인간의 몸에 닿은 적 없는 구름이나 꿈" 같은 내밀한 것이다.

매는 주체가 원하는 것이 총체적으로 의물화된 것이다. 이것은 새롭다고 생각되는 어떤 것, 새로운 삶이 환기하는 이미지가 아니다. '새 인간'처럼 이미 형성되어 있어 받아들인 이미지가 아닌 것이다. '나'에게는 모든 준거가 매이다. '나'는 이러한 매에 대해서 누구에게도 얘기할 수 없다. 매의 발목에는 일종의 '비밀 문자'가 적힌 '쪽지'가 묶여 있는데, 이를 사람들에게 풀어 공유할 수가 없는 것이다. 공유할 수 없다는 것, 이 점에서 매는 '새 인간'의 이상적 자아와 구별되는 자아 이상에 가깝다. 자아 이상으로서의 매는, 상상계가 아닌 상징계에서의 주체 자신을 위한 것이다. '나'의 모든 것, '나'의 '비밀 문자', '나'의 '꿈'이다. 바로 내가 '나'이게 하는 것 말이다. 매라는 자아 이상은 주체가 쓰고픈 고유한 시라고도 할 수 있다. 물론 그런 매에 대해서는 아무도 모른다.

'나'의 소망은 관습적인 모임이 아니라, 바로 이러한 매와의 모임이다. 그러나 "매가 공중에서 놓아 준 쪽지는 할퀴고 갈가리 뜯는다 발버둥친다". "갑자기 가슴으로 떨어지는 시체"가 되기도 한다. 매로 형상화해 낸 내밀한 자아 이상은 얼마나 부서지고 상하기 쉬운 것인가. '나'는 과연 매와의 모임을 가지게 될 것인가. 이것은 "매와 모임을 할 순 없을까"라는 희망 어린 질문을 통해 부정적인 결론에 이르는 것으로 보인다. 하지만 "매를 죽게 할 수는 없다 사냥을 그치게 할 수도 없다"고 함으로써 관례적인 모임에의 영합이 아니라, 그러한 관례와 함께할 수 없는 자아 이상으로의 복귀를 내비친다. 매의 비밀 문자를 버릴 수는 없는 일이다.

4 사수와 분업

전통적인 시에서의 주체가 흔히 안정되고 이미 구축되어 있는 상태에서 출발하고 있다면, 김복희 시에서의 주체는 미세하게 분열되고 항상 무엇인가를 유보하는 듯한 모습을 보인다. 주체는 사물을 부르면서 이상적 자아나 자아 이상으로, 이런 모습, 저런 모습으로 분할되어 나타난다. 주체의 분할을 감지하고, 분할로 어른거리는 것을 바라보는 것이 그의 시를 읽는 방법이다. 새나 매뿐이 아니다. 양, 물고기, 건물, 방, 꽃나무 등, 늘 다른 무엇이 있다. 주체는 이 '무엇'들로 나뉘어 가고 있고, 이들이 어느새 도드라져 출몰한다.

주체가 사물로 분열되어 있는 장면은 주로 시집 앞부분에 많이 나타난다. 비슷하게 존재론적 분열로 보이기는 하지만 이와는 다소 양상이 다른 것들도 있다. 분할을 넘어 분업이라고 할 수 있는, 주체의 작업이 나뉘는 장면들이다. 작업이라고 했지만 이것은 아마도 시 쓰기를 가리킬 것이다. 김복희의 시가 시 쓰기에 대한 시라는 것을 실감할 수 있는 많은 작품들이 이에 해당된다. 분업에서는 시 쓰기로 생각될 수 있는 작업의 측면이 탐구되고 긴장과 갈등이 유발된다. 분할보다 분업이 본격적으로 보이는 이유이다.

내일이 있는 것처럼
조용히 일만 하겠다

위생을 철저히 지켜서 물건에 껍질을 씌우고
라벨을 붙이고 돌아 나오겠다

지침대로 기르던 노래가 컨베이어 벨트를 타고 온다

저기, 너 말이야
죽으면 계속 커진다 생물일 때 꼼꼼하게 해
사수의 말이 들려와 두 손을 열심히 움직였다

고속도로를 타고 물건들은 떠난다
납기일 내에 사라져야 한다

실수로 부풀기 시작하면 트럭이 터져 버릴지도 모른다 쫓겨
날지도 모른다
영혼이니 마음이니, 사수는 그런 것 다 핑계라고 벨트 위를
보는 건 오직 두 눈이라고 말했다

벨트가 멈추고 소등이 시작됐다

　나는 방진복과 마스크를 벗고 멀어진다

　승객이 되어 차에 실려 졸다 보면 집에 도착할 수 있는 것
이다

　어디로.

　나로부터

　멀리, 이것을 추락이라고 말하던 노래가 있었다

　　　　　　　　　　　　　　　──「노래에게도 노래가 필요해」

　컨베이어 벨트 앞에 서서 작업을 하는 노동자의 상황으
로 대체된 이 시는 두 인물의 대립을 통해 주체의 분열을
조준하고 있다. '나'와 '사수'는 일에 대해 대조되는 생각을
가지고 있다. 맥락상 보건대 '나'는 "영혼이니 마음이니" 하
는 것들을 중요하게 여기며, "나로부터/ 멀리, 이것을 추락
이라고" 생각한다. 영혼과 마음이 담기지 않는 것은 '나'로
부터 멀어지는 것이며, 곧 추락에 해당되는 것이다. 그러나
'사수'는 다르다. '사수'는 "그런 것 다 핑계라고 벨트 위를
보는 건 오직 두 눈이라고" 한다. 즉물적이고 실제적인 '사
수'는 "생물일 때 꼼꼼하게" 하라고 지시한다. 한쪽에서는
마음이, 한쪽에서는 실제가 강조된다.

　그러나 이와 같이 노동에 대해 상반된 태도를 갖는 두

사람은 물론 주체 안의 두 태도일 것이다. 주체는 양쪽에 걸쳐 있다. '두 눈'에 의한 관찰적, 현장적 작업은 지향해야 할 수칙과도 같은 것이며, 이와 정확히 대조되는 마음, 영혼은 주체가 속해 있는 영역이다. 이 둘의 팽팽한 대결의 과정이 노동일 것이다. 언제나 한쪽이 더 우세하기 쉬우며, 엎치락뒤치락 공존하기 어렵지만 둘 다 중요하고 놓칠 수 없는 것들이다. '나'와 '사수' 중 어느 한쪽도 철회되어서는 안 된다는 분업 의식이 이 시에는 들어 있는 것이다.

여기서의 노동을 주지하다시피 시 쓰는 일이라 가정하는 것이 자연스럽기만 한 일인데, 왜냐하면 특히 이 시는 '노래'에 대한 것이기 때문이다. 요컨대 '노래', 즉 시를 쓰는 일에 있어서의 '나'와 '사수'의 불가결한 분업과 갈등이 이루어지고 있는 시이다. 무엇보다 '노래'가 그냥 흘러나오는 것이 아니라 '컨베이어 벨트'를 통해 생산된다고 함으로써, '노래'의 엄격성, 정확성 등 '사수'의 중요성이 강조되는 것이 인상적이다. '사수'는 양보될 수 없는 시의 불가결한 요소인 것이다. 물론 이러한 분업이 야기하는 갈등의 손쉬운 화해 같은 것은 보이지 않는다. 조정보다는 대척점을 제시하는 것으로 분열을 명확하게 제기한다고 할 수 있다.

5 곤충과 탈주

언어와 사물의 간극과 동요를 감지하는 언어 의식으로부터 출발하여, 이를 주체의 분열을 자각하는 풍향계로 전면화시킨 김복희 시의 뚜렷한 개성은 역시 시 쓰기에 대한 시에서 가장 잘 나타난다. 시 쓰기는 그가 머물러 있는 곳이고, 현재적 모험이며, 동시에 가장 이해하기 어려운 행위다. 반복이 되지 않고, 지도도 없다. 괴물과의 싸움이기도 하다. 배울 수만 있으면 좋으련만 배우기도 어려운 불가해한 것이다. '선생님'이 나오는 다음 시는 시 쓰기에 대한 배움이 이상한 싸움과 역전이 행해지는 것이라는 시인의 복잡한 생각을 담고 있다. 시 쓰기 작업에 대한 것으로 보이는 많은 시들 가운데 가장 민활하고 두드러진 시이다.

　선생님은 토한 다음 그녀를 붙잡고 붙잡혀서 우두커니 서
　계신다
　놓아주는 곤충은 놓은 사람의 얼굴을 베껴 간다
　선생님은 돌로 그것을 눌러놓고 잊어버리시지만

　돌이 작아지지도 않는데 곤충은 넓고 넓어져서 돌 밖으로
　퍼진다

　선생님, 어디서 그런 옷을 구하셨어요

저는 호주머니가 없는 옷을 자주 입습니다

완곡하게 말을 했다는 생각이 들기도 했다
두 손을 내놓고 선생님의 손을 놓고
곤충을 곧잘 죽이는 사람으로 자라고 있다
　　　　　　　　　　　　　─「채집도」에서

　분업의 또 다른 예이다. 앞서 '사수'가 마음과 대조되는 '두 눈'의 분업을 담당하고 있는 것이라면, '사수'와 비슷한 역할로 '선생님'이 등장한다. '사수'가 상관이라면 '선생님'도 지시하는 상급자이다. 하지만 이러한 메카닉한 구별을 넘어 이 시는 역동적으로 진화하고 있다. 가장 흥미로운 세 가지 점만 들어 본다. 첫째, 일차적으로 '선생님'과 '그녀'의 분업이 일어나고, 이차적으로 '선생님'='돌', '그녀'='곤충'으로의, 다시 말하면 사물로의 분할이 연이어 일어난다는 점이다. 둘째, '선생님'과 '그녀'가 정적인 분업만을 담당하는 것이 아니라, 그래서 단지 보완이나 대결의 의미를 지니는 것이 아니라, 적극적으로 관계가 역전되고 있다는 점이다. 이것이 「노래에게도 노래가 필요해」에서 보이는 분업과의 차이다. 셋째, 이 시에서 '선생님'은 주체의 분업이나 외부적 요소의 내면화로 간단히 해소되지 않는, 실제적 타자이거나 타자를 모델로 한 것 같은 성격을 지닌다는 점이다. 이 점은, 지속적인 분열을 통해 점점 더 낯선 것을 산출해

내는 김복희 시의 운동 과정의 한 전거로 보인다.(이 운동에
대해서는 이후에 좀 더 서술할 것이다.)

　이제 이 시의 분업의 성격을 살펴보면, 첫 부분에서 "선
생님은 (그녀를) 토하"는 존재이고, "돌로 그것(곤충)을 눌러
놓고 잊어버"린다. 단지 토하기만 하는 것이 아니라 '곤충'
을 눌러 버리는 억압이 행해진다. '그녀'와 '곤충'은 '선생님'
의 산물이다. 그런데 이 상대항이 매우 역동적이다. '선생
님'은 '그녀'를 토하지만, "그녀를 붙잡고 붙잡혀서 우두커
니 서 계신다"에서 보듯, '선생님'은 자신이 토한 '그녀'에게
도리어 붙잡힌다. 또한 "놓아주는 곤충은 놓은 사람의 얼
굴을 베껴 간다"에서처럼 '곤충'이라는 항은 "놓은 사람의
얼굴", 즉 '선생님'의 "얼굴을 베껴 간다". 더군다나 "돌이 작
아지지도 않는데 곤충은 넓고 넓어져서 돌 밖으로 퍼진다".
다시 말하면 상급자이고 생산자인 '선생님'은 자신이 산출
한 '그녀'에게 오히려 붙잡히고 포획되고, '선생님'의 억압을
'곤충'은 대결하고 벗어나서 상급자를 능동적으로 '베껴 간
다'. 지시하는 자는 붙들리게 되고, 행위를 당한 자는 능동
적으로 달아나는 역전이 이루어지는 것이다. 그러나 여기
서 그치지 않는다. 선생님과 대비를 이루는 '그녀'는 처음
에는 '곤충'과 동항을 이루었다가 뒷부분에서는 "곤충을 곧
잘 죽이는 사람으로 자라고 있다". '선생님'이 되는 것이다.
'선생님'이 포획되고 나면, '그녀'는 "선생님의 손을 놓고" 스
스로 '선생님'이 되기에 이른다.

이 모든 변형은 주목할 만하다. 우선은 단지 분업의 선이 그어지는 것이 아니라 관계가 뒤바뀌는 복잡한 행로가 그려지기 때문이다. 그의 분업은 좌충우돌하면서 새로운 함수를 낳는다. 하지만 생각해 보면 시의 생산 과정에서 분업이 배반된다는 것, 그리하여 시의 규범적인 것, 시의 테제, 즉 '선생님'이 무력해지고 '곤충'이 '돌'과 대결하여 '선생님'을 '베껴 간다'는 것은 오히려 자연스러운 현상이라고 할 수 있다. 시에서는 분업 자체가 무너지면서 가르치는 자와 배우는 자의 구별이 보기 좋게 쓸모없어지고 역전이 항상 가능한 까닭이다. 우리의 시선을 끄는 것은 후반부, '곤충'과 동일시되었던 '그녀'가 '곤충'을 죽이는 사람으로 재장전되는 부분이다. 이것은 나눔과 구별의 선들이 뒤틀리고 무효화되는 것이며, 시 쓰기에서의 항상적인 전도를 김복희 시가 유연하게 구사한 부분이라 아니할 수 없다. 일종의 탈주로 보이기도 한다. '그녀'는 '그녀'와 '곤충'의 자리로부터 탈주하여 '선생님'의 항으로 이동한 것이다. 물론 이 탈주는 이후 또 다른 탈주를 향할 것이다. 분업을 탈주로까지 발전시킨 힘, 우리의 시선은 바로 여기에 머문다.

6 보이지 않는 벌레와 분리

김복희 시에서의 주체의 분열은 보다 원숙한 형태로 나

아간다. '새 인간'이나 '매'와 같이 주체가 분할되는 사물이나 '사수', '선생님', '곤충'같이 분업화하는 존재들은 모두 주체의 중요한 이성적, 감성적, 존재론적 코드를 떠안는다. 그것은 주체의 이상적 자아나 자아 이상이기도 하고 더 비근하게는 시적 작업이기도 하다. 어떠한 경우든지 이 분할, 분업의 기저에는 주체가 나뉘거나 겹쳐지는 장면들이 있다. 주체의 균형적이거나 불균형적인 분배라 할 수 있다.

하지만 이러한 상황에서 더 나아간 시들이 있다. 분할이나 분업이라기보다 더 냉정한 형태의 분리이다. 물론 분리를 분열의 양상으로 볼 수 있을까 싶은 의구심이 들기도 한다. 분리된 대상에서 주체와의 관련, 유대를 거의 찾아볼 수 없기 때문이다. 주체는 분리를 통해, 분리된 대상을 거의 타자로 느낀다. 이것이 자신의 한 일부일 수도 있다는 생각은 그 대상이 타자라는 전제 위에서만 막연하게 떠오른다. 주체는 타자화된 대상을 타자로 바라볼 뿐이다. 주체에게 타자는 타자에 거의 도달한 듯이 보인다. 이것은 거의 완벽한 형태로 보이는 거리이다.

따라서 분리를 분열의 일종으로 간주하는 것은 얼핏 적절하지 않아 보일지 모른다. 그럼에도 김복희 시에서 분리가 출현할 때, 그것은 주체와 대상의 인상적인 대칭으로 나타나기에 분열의 맥락에 속한다고 할 수 있다. 분리를 보이는 시들이 분할이나 분업과 달리 감정 에너지의 방출이나 긴장이 없고, 분리된 대상에 대해 초연하지만, 주체와 대상의 이 특유의 대칭이 오히려 가장 평등한 종류의 분열로 보이는 것이다.

> 잠에 막 빠져들 무렵,
> 내가 잠들자마자 그는 방에서 벌레의 기척을 느꼈다
> 빠르게 날아다니며 벽과 그의 목에 제 몸을 부딪쳤다고 했다
> 벌레가 여기저기 부딪히는데 내가 너무도 깊이 잠들어 있어서 깨울 수 없었다고.
> 벌레를 잡으려고 불을 켰는데 벌레는 없고
> 창은 전부 닫혀 있고
> 벌레의 느낌만 있어서 새벽까지 신경이 곤두서서 잠을 잘 수 없었다
> 나는 춤을 추고 있었다
> 그는 바랐다 집에 돌아와 문을 열면 벌레가 죽어 있기를
> ──「새집」에서

잠들어 있는 '나'와, 어둠 속을 날아다니는 '벌레'와, 이를 느끼고 있는 '그'가 있다. "내가 잠들자마자 그는 방에서 벌레의 기척을 느꼈다"는 행은 이들의 관계를 추측하게 해 준다. 이 셋은 철저히 분리되어 있다. "벌레가 여기저기 부딪히는데" "너무도 깊이 잠들어 있"는 '나'는 '벌레'와 '그'의 움직임을 감지하지 못한다. "빠르게 날아다니"는 '벌레'를 느낀 '그'는 "벌레를 잡으려고 불을 켰는데 벌레는 없고"

"벌레의 느낌만 있어서 새벽까지 신경이 곤두서서 잠을 잘 수 없"다. '벌레'는 기척은 있는데 불을 켜면 보이지 않는다.

이것이 바로 김복희 시의 분리, 냉정한 분열이라 할 수 있다. 서로 대면하고 있다고 할 수 없는 분리 상태 말이다. '나'와 '그'는 잠들어 있는 자와 깨어 있는 자로 철저히 분리되어 있다. 분리되어서 둘은 엄연히 다른 곳에 있는 것이다. 하지만 다른 곳에 있어도 뚜렷한 대칭을 이룬다. 대칭을 이루지만 물론 서로 얽히지 않는다. 왜 이러한 분리가 설정된 것일까.

이 시 역시 특유의 시 쓰기 상황으로 보면, 자고 있는 '나', "춤을 추고 있"는 '나'는 시를 쓰는 주체일 것이다. 사실 시를 쓰는 '나'는 언제나 자고 있기 십상이다. '나'는 어떤 계기, 충격, 혹은 우연에 의해 시적 각성으로 깨어난다. 보통은 "깊이 잠들어 있어서 깨울 수 없"는 상태다. '벌레'가 왔을 때, 바라건대 시 쓰는 '나'는 깨어나야 하지만 '벌레'의 도착에도 깨어나지 못한다. 시를 쓰는 일은 사실상 불가능하다. 그렇지 않은가. 언제 시가 가능한 것일까. 그 무엇이 와도 시 쓰는 주체가 깨어나리라는 보장은 없는 것이다.

'그'는 아마도 현실적 주체일 것이다. 이 주체는 '벌레'가 온 것을 감각한다. '벌레'를 보려고 불을 켜기도 한다. 하지만 '그'는 '벌레'를 볼 수 있는 존재가 아니다. '벌레'가 무엇인지도 모른다. 시를 쓰는 주체가 아니기 때문이다. 그렇다고 시 쓰는 주체를 억지로 깨울 수도 없다. 깨운다고 깨워지는 것이 아니다. '그'는 '벌레'의 도착이 시의 순간이라고 생각하는데, '벌레'를 볼 수는 없고, 시 쓰는 주체를 깨울 수도 없고, 잠을 잘 수도 없는 곤란에 처해 있다. 이러한 난항에 빠진 '그'의 상황은 우리에게 늘 익숙한 것이다. 우리는 예의 '벌레'의 도착 앞에서 시 쓰는 주체가 깨어나기를 기다리는 '그'와 다름없는 존재이다. '그'가 물러서고 불현듯 시 쓰는 주체가 깨어나 '벌레'와 춤을 추는 순간은 언제 도래하는 것일까.

부연하지만 시 쓰는 주체, 즉 '나'와 현실적 주체, '그'는 함께하지 않는다. '나'가 있을 때는 '그'가 없고, 역도 마찬가지다. '나'와 '그'는 바통을 주고받는 관계에 가깝다. 한쪽만 나설 수 있는 것이다. 이것이 분할이나 분업이 아닌 분리의 특성이다. 거의 완벽한 분리라 할 수 있다. 물리적, 심리적, 존재론적으로 떨어져 있는 이러한 분리는 시에서 어떤 불가능을 내포하는 것으로 보인다. 불가능은 주체의 불완전에 닿아 있다. 불완전한 주체는 자신이 손쓸 수 없는 어떤 상태의 신호를 표시한다. 그리고 이러한 전반적인 상황들은 모두 분리가 분열의 한 모습임을 추인한다. 제목이 「새집」인 것으로 보아 '벌레'는 새로운 공간에서의 새 기미, 착상에 가까울 텐데, 무언가 새로운 것을 쓰려고 할 때 벌어지는 일을 '나'와 '그'의 분리를 통해 묘사하고 있는 것이다. 시가 오지 않는 순간을, 그러니까 시의 분열을 보여 주면서 말이다.

7 검침원과 독립

지금까지 김복희 시에서의 주체의 분열을 분할, 분업, 분리라는 측면에서 살펴보았다. 분할에서는 「새 인간」과 「모임」을, 분업에서는 「노래에게도 노래가 필요해」「채집도」를, 분리에서는 「새집」을 예로 들었다.

분리는 분열의 양상 가운데 가장 독자적일 것이다. 분할, 분업에서 보이는 대면이 없고, 대면에서 오는 긴장이 없고, 따라서 거의 독립된 상태가 가능하기 때문이다. 특히 '사수'나 '선생님', '곤충'의 분업에서 행해졌던 고차원적인 함수를 벗어나는 부분이기도 하다. 분리에서는 함수는 물론이고 관계 자체가 잘 보이지 않는다. 「새집」에서 잠들어 있는 '나'와 깨어 있는 '그'의 분리처럼 관계가 거의 없다고도 할 수 있다. 이제 분리의 두 번째 예로 들고 싶은 시는 바로 이것이다.

연속사방무늬 물이 부서져 날리고
구름은 재난을 다시 배운다

가스검침원이 밸브에 비누거품을 묻힌다

바닥을 밟는 게 너무 싫습니다
구름이 토한 것 같습니다

낮이
맨발로 흰색 슬리퍼를 끌면서 지나가고
뱀이 정수리부터 허물을 벗는다

구름은 발가락을 다 잘라 냈을 겁니다
전쟁은 전쟁인 거죠

그는 무너진 방설림 근처에 하숙하고
우리 집의 겨울을 측량하고 다른 집으로 간다

우리 고개를 수그려 인사를 나누었던가
폭발음이 들렸던가

팔꿈치도 배로 기어가 빙하를 밀고 기는 정수리

허물이 차갑게 빛난다 눈 밑에서 포복하던 생물들이 문을
찢는다
인질들이 일어선다

———「백지의 척후병」

'구름' '낮' '뱀' '생물들' '인질들' 등 여러 사물들이 등장한다. 이들 가운데 인상적인 것은 당연히 '가스검침원'이다. "무너진 방설림 근처에 하숙하"는 '가스검침원'이란 무엇일까. 그의 불모적인 분위기는 폐허를 방불케 하는, 어떤 '폭발음'마저 들리는 듯한 거주 지역을 돌아다니며 주민들의 "겨울 을 측량하"는 일과 잘 호응된다. 그가 하는 일은 "밸브에 비누거품을 묻히"는 것이다.

시의 제목이 앞에서 진행된 지금까지의 논의를 연장하도록 해 주는 듯하다. 나로 추정되는 현실의 주체는 '가스검침원'의 방문을 맞는다. 서로 "고개를 수그려 인사를 나누었던가" 미심쩍어 할 정도로, 이 주체는 '가스검침원'과 마주치지 않는다. 둘은 한 공간에서 분리되어 있다. 그리고 한 집 안에서도 말을 주고받지 않는 이 기이한 방문객은 "백지의 척후병"이라 멋지게 호명된다. 백지의 척후병이라니, 이는 곧 시의 척후병이 아닌가. '백지'를 정탐하는 자는 시를 탐문하는 자일 것이다. 시의 동태를 파악하고 정찰하는 자가 여기 나타난 것이다.

물론 시의 척후병은 그 태연한 출현만큼이나 매우 적절하게, 단지 "밸브에 비누거품을 묻"히고 간다. 수수께끼 같은 이 행위를 아무도 읽어 낼 도리가 없다. 이 장면을 「새집」의 예를 들어 비교한다면, 마치 자고 있는 '나'의 춤추는 모습을 깨어 있는 '그'가 보는 것과 같다. "비누거품을 묻"히는 행위는 "춤을 추고 있"는 것과 유사한 것이다. 양쪽다 현실의 주체가 알 수 없고 다가갈 수 없다. 시를 쓰는 일과 같은 별도의 세계의 일인 것이다. 분리의 선 너머에서 벌어지는 일이다.

앞서 「새집」의 "춤추고 있"는 '나'가 거의 완벽한 분리를 보여 준다면, 「백지의 척후병」의 '가스검침원'은 마찬가지로 분리이기는 하지만 또한 독립적 존재라 하는 편이 더 정확할 것 같다. 방문객으로 집 안을 돌아다니면서도 무관하며, 자유롭고, 예외적으로 보이기 때문이다. '가스검침원'은 분리의 선을 아무런 의식이나 제재 없이 돌아다니는 듯하다. 그가 돌아다닐 때마다 분리는 무화되지는 않지만 이제 무의미해 보인다. 그리고 '가스검침원'의 이러한 독립성은 김복희 시가 분리에 이르러 점점 낯선 것을 창출해 내고 있음을 알 수 있게 해 준다. 그는 분리되어 돌아다니는 낯선 타자요, 타자에의 도달이다. 그리고 그렇다면 '가스검침원'에 닿아 있는 '백지의 척후병'으로서의 시는 낯선 타자요, 타자의 시작이다. 분리나 분열의 시 쓰기는 결국 이러한 독립으로 움직이는 것일 터이다.

'가스검침원'의 방문을 보며 생각한다. 시는 언제 어떻게 가능한 것일까. '비누거품'은 그 자체로 시인가. '비누거품'을 어떻게 읽어 낼 수 있을 것인가. '읽는다'라는 말을 반복한 앞서의 김복희 시에 다시 연결되는 느낌이다. 시 쓰기 작업을 스스로 시 쓰기화하고 있는 그의 시 쓰기는 이러한 물음들이 중첩되어 있는 행로다. 시에 대한 수그러들지 않는

탐문의 울퉁불퉁한 날들이 서 있는 건축 지대이기도 하다. 말과 사물의 만남이나 혹은 만남의 불발을 통해, 또 그러한 간극이 환기하는 분열에의 자각을 주체에 투사함으로써 시가 생산되는 자리에 대한 자발적 탐문의 기록인 것이다. 이 과정에서 시란 척후병이라는 그의 테제는 시에 대한 우리의 생각을 날카롭게 맨 앞으로 되돌려 준다. 척후병은 시 쓰기에서 발생하는 모든 의문과 분열을 그대로 지닌 채, 이 물음으로부터도 자유로이 움직이기 때문이다.

지은이 　　　김복희
1986년 출생 2015년《한국일보》신춘문예로 등단해 작품 활동을
시작했다.

내가 사랑하는
나의 새 인간

1판 1쇄 펴냄 2018년 5월 25일
1판 6쇄 펴냄 2023년 6월 28일

지은이 김복희
발행인 박근섭, 박상준
펴낸곳 (주)민음사

출판등록 1966. 5.19. (제16-490호)
서울특별시 강남구 도산대로1길 62(신사동)
강남출판문화센터 5층 (06027)
대표전화 02-515-2000 / 팩시밀리 02-515-2007
www.minumsa.com

ISBN 978-89-374-0868-7 04810
　　　978-89-374-0802-1 (세트)

• 잘못 만들어진 책은 구입처에서 교환해 드립니다.

민음의 시

민음의 시
목록